Obrigado por
Nos Ajudar A Ajudar
o Mundo! Que Deus ilumine
Seus caminhos com Amor.

Lis

Descubra um amor maior

Com carinho,

< SANDRO VITA >

2018

- Lis -

www.sandrovita.net

Ao adquirir esta obra você contribui para os projetos educacionais
da Organização Volunteer in the World

Saiba mais acessando o site

www.volunteerintheworld.com

Porque esta é a mensagem que ouviste desde o princípio,
que devemos ter amor uns pelos outros;
1 João 3:11

SANDRO VITA

CAPÍTULO 01
PERDAS E DESEJOS

Foi um pouco antes do almoço que Dimas percebeu pela primeira vez.

Suspenso na parede, o relógio de moldura quadrada marcava onze horas e onze minutos. Ele estranhou a repetição numérica e por alguns segundos até pareceu pensativo sobre a coincidência.

A preocupação em seu rosto era fria. O olhar cortava sua coleção de canetas coloridas, todas organizadas por cores, e alcançava o porta-retratos ao lado do monitor.

— Faz quase um ano que você morreu, mas eu ainda sinto vontade de chorar. — Resmungou para si mesmo.

Dimas tentou conter a emoção, mas a dor da perda de sua melhor amiga ainda o deixava frágil.

Ficou por uns dez minutos focado na imagem da mulher de pele bem morena, cabelos cheios e olhos que espelhavam os dele, em cor e formato.

Fazia meses que Dimas só saia de casa para o trabalho e do trabalho para casa. Até no almoço ele preferia ficar em seu cubículo, a ter que lidar com os outros funcionários da firma. Desde que deixou sua terra natal em Vitória, no Espírito Santo e foi morar em Brasília, perdeu contato com os amigos. Com o tempo, mesmo com a tecnologia dos telefones e aplicativos, o entusiasmo para iniciar uma conversa, desapareceu. Dimas sentia-se esquecido até por sua tia Deodora que morava na Bahia e já não ligava nem nos feriados religiosos.

O isolamento não reduzia o abismo que o sugava em uma espiral sem que ele se desse conta. A morte de sua mãe talvez tenha sido o golpe mais duro e como se não bastasse, seu relacionamento com Dominic estava a cada dia menos interessante.

Qualquer um percebia que sua vontade era a de teletransportar-se para longe dali, talvez direto para o seu quarto. Trancar a porta, fechar as cortinas e ficar no escuro tentando obter um pouco de paz.

Ele chegou a fechar os olhos para simular seu aconchego, mas a lembrança de que precisava entregar os relatórios antes das treze, o forçaram de volta à vida.

Com muito custo se pôs de pé para recolher os papéis esquecidos sobre a saída da impressora e foi neste momento que ouviu seu nome ecoar pelos corredores da empresa.

As más notícias só eram anunciadas as vésperas do final de semana, mas todos imaginaram o que viria, quando Dimas foi chamado aos berros.

Ele ajeitou a gravata. Reuniu os papéis e franziu a testa como se adivinhasse seu destino. Com um passo de cada vez ele tentava não deixar marcas no carpete fofo, mas o corredor era comprido o suficiente para fazê-lo sentir todos os olhares que os outros empregados lançavam sobre suas costas. O ar de alguma maneira não era suficiente para preencher seus pulmões, deixando-o ligeiramente tonto antes de girar a maçaneta e entrar no covil.

A sua frente, em posição de ataque, o demônio de cabelos brancos esperava com um sorriso vermelho sangue em seu rosto pálido.

— Sra. Oliva. Bom dia. A senhora me chamou?

A mulher de queixo estreito fingia ignorar a presença dele, deixando o rapaz ainda mais nervoso.

— Aqui estão os relatórios que pediu sobre a nova filial. Eu sei que deveria ter entregue para a senhora na última sexta-feira, mas tive um problema e ...

— Você está demitido. Pode sair da minha sala e passar direto no setor dos recursos humanos para deixar seu crachá e seu cartão de estacionamento.

Dimas ficou atordoado e precisou sentar-se antes que desmaiasse com o impacto da notícia.

— O que você pensa que está fazendo? Eu não o convidei a sentar. Você é surdo rapaz? Pegue suas coisas e desapareça. Estamos todos cansados dessa sua falta de amor próprio. Desta apatia cinza que você carrega consigo. Não me faça chamar a segurança para retirá-lo daqui a força.

Dimas se recompôs e sem dizer mais nada saiu evitando olhar para os lados. Não que ele se importasse com as críticas dos poucos colegas que fez, mas porque sentia que outro ataque de pânico estava por chegar.

Tremendo, ele pegou a mochila com seus pertences e foi direto para o carro. Ficou por lá durante uns dez minutos. Sozinho. Sem chorar, sem falar, sem ligar o rádio. Parecia longe, com o semblante nublado, até que seus olhos explodiram em lágrimas.

Desde o primeiro dia quando chegou duas horas atrasado, sua sentença estava traçada e todos sabiam que ele seria demitido antes dos noventa dias de experiência. Aquele era o terceiro emprego em menos de um ano e seus pensamentos mórbidos só dividiam espaço com a provável reação de Dominic quando recebesse a notícia.

Das outras vezes o amor falou mais alto e permitiu que o pavio curto do casal não incendiasse, mas o tom da conversa deixou claro que Dimas deveria retomar sua vida e dar um basta na tristeza, de uma vez por todas.

Dimas entrou na ponta dos pés, mesmo sabendo que Nic não estaria em casa. A luz que inundava o apartamento através das janelas não era forte o bastante para motivá-lo a aproveitar o resto do dia. Largou a pasta em um canto perto do sofá. Ligou o sistema de som e a música cadenciada trouxe de volta a melancolia. Se mais alguém pudesse ver seu rosto, diria que estava prestes a chorar outra vez, mas só Deus seria capaz de saber o que se passava em sua cabeça.

Pegou uns comprimidos no pequeno armário da cozinha, bebeu água e só quando guardou a garrafa na geladeira, foi que percebeu algo escrito em uma folha de papel rosa choque.

"Hoje estarei de plantão."

"Não me espere."

"Deixei comida pronta no forno. Amo você."

Nic trabalhava no hospital geral da cidade e sua ausência veio em hora oportuna. Dimas lacrou as janelas e deitou no tapete branco que ficava no meio do caminho, entre o banheiro e o quarto. Nem mesmo os calmantes conseguiam fazer seu pensamento desacelerar. No escuro, com a música ao fundo, ele parecia saborear o amargo da solidão.

No rodamoinho dentro de sua cabeça o grito de Dona Oliva se confundia com a voz de sua mãe, insistindo para ele não sair de casa. Implorando que tentasse uma reconciliação com o pai. Por vezes ele imaginava a voz de Nic, frisando que só voltariam a fazer amor no dia em que ele recuperasse seu sorriso.

O mundo rodou algumas vezes, a música desapareceu e com o cair da noite, o apartamento ficou ainda mais escuro. Partes do seu corpo estavam dormentes, mas seu rosto sentiu quando as mãos quentes de Nic envolveram seu rosto.

— Meu amor. Dimas? Você está bem?

Dominic sacudia o marido pelos ombros, ainda no chão.

— Calma. Assim você quebra o meu pescoço. Eu estava apenas dormindo.

— Dormindo no chão? O que você tomou desta vez?

— Calma que estou bem. Tive uns problemas lá na firma e pensei que você estivesse de plantão hoje.

— Pelo visto foi um anjo que cancelou a cirurgia desta noite e me permitiu chegar aqui a tempo.

— A tempo de que? O que você quer dizer com isso?

Uma longa pausa se fez entre os dois.

Dominic virou o rosto e fingiu ignorar a pergunta, pois sabia que iniciar uma discussão não ajudaria em nada.

— Deixa pra lá. Venha, levante-se e vamos comer alguma coisa.

Quando Dimas finalmente sentou-se para comer, a louça já estava quase toda lavada e ele sem qualquer misericórdia disparou:

— Fui demitido hoje.

Nic não respondeu. Fechou a torneira. Enxugou as mãos. Pegou a carteira com as chaves, e antes de bater a porta anunciou com a voz trêmula que só retornaria na noite seguinte.

A comida tinha gosto de lágrima e Dimas ficou um longo período olhando um pedaço de frango à milanesa espetado no garfo. Tomou outros cinco comprimidos e finalmente conseguiu dormir quando estava quase amanhecendo.

Teve um sono agitado. A toda hora se movimentava sob os lençóis e murmurava palavras quebradas, mas por duas vezes foi possível entender o nome Estela.

As horas de sono proporcionadas por remédios dificilmente permitiam uma completa recuperação, mas naquele dia Dimas despertou diferente.

Tomou um banho frio. Fez a barba, penteou os cabelos e até usou perfume.

Abriu todas as janelas da casa e permitiu que o sol das duas da tarde removesse o ar pesado do ambiente. Ligou o aspirador de pó, tirou a camisa e deu uma geral no apartamento. Chegou a ficar suado com tanta atividade e precisou de outro banho antes de ser arrebatado pela ideia de preparar um pedido de desculpas para seu amor.

Revirou a despensa e a geladeira, mas não conseguiu o que precisava para executar seu plano.

Conferiu o relógio e calculou que daria tempo se fosse correndo ao mercadinho comprar o que precisava para um risoto de aspargos.

Ele sabia que não ficaria tão bom como o que Nic fazia, mas com os elementos certos, seria uma boa maneira de pedir perdão.

***

Na volta para casa Dimas carregava a sacola de compras e mantinha o passo corrido quando viu na esquina da rua de baixo que a banca de jornais agora também funcionava como floricultura. Apesar da tarde de calor as flores estavam radiantes e ele teve a certeza que seriam um toque perfeito na decoração da mesa.

Admirou um ramalhete de rosas vermelhas e achou que seriam um tanto exageradas. As margaridas estavam bonitas, mas o arranjo deixava a desejar. No meio de tantas cores e formatos começou a perceber que não comprava flores fazia anos e a sensação de insegurança quase retornou.

Verificou o relógio e ficou intrigado ao ver que o mostrador digital marcava dezoito horas e dezoito minutos. Ele chegou a sacudir o braço para ver se o aparelho estava com defeito, mas preferiu correr com a compra. Sem pensar muito, escolheu uma rosa solta que tinha as pétalas largas, aveludadas e que vibravam um vermelho como se chamassem o nome de Dominic.

— Pelo visto temos um romântico na cidade.

Não houve intenção, mas Dimas deu um pulo quando ouviu minha voz e quase deixei um sorriso escapar com a cena.

— Seja bem-vindo senhor romântico, mas se me permite uma dica, você não pode levar apenas uma flor como esta. Por mais perfeita que seja, sozinha ela perderá sua força.

Dimas permaneceu calado e não sei se foi por conta do susto, mas sua expressão corporal agora bloqueava qualquer leitura.

— Tome. Leve estas astromélias brancas para acompanhar. Garanto que a rosa vai capturar mais atenção se estiver envolvida assim desta maneira.

Era provável que ele estivesse em dúvida. Afinal o discurso parecia a de uma vendedora que só quer empurrar mais flores para o cliente.

Demorou um tempo, mas ele aceitou a oferta e recolheu as flores que indiquei. Dimas parecia hipnotizado.

— A dica é grátis, mas as flores você pode pagar ali para o dono da banca.

— Desculpe, mas nós já nos conhecemos? — Ele quebrou o silêncio.

— Esta é uma cantada manjada e não cai bem um homem que está comprando flores, flertar com alguém na rua.

— Perdão. É que... Acho que nos conhecemos, não?

Pensei em contar toda a verdade, ali mesmo. Despejar sobre ele tudo o que sentia. Tudo que estava reprimido em meu peito por tantos anos, mas quando as primeiras palavras tentaram sair, seu Clóvis, o dono da banca, se intrometeu.

— São quinze e cinquenta. Se levar junto o jornal de hoje eu faço tudo por vinte.

A voz ranhosa de seu Clóvis destruiu o clima e quase trouxe Dimas de volta de seu transe.

O dono da banca nem se quer agradeceu. Recebeu o dinheiro e voltou para seu o canto escondido por detrás das caixas de doces e revistas. A banca vendia de tudo um pouco.

— Desculpe insistir, mas eu preciso saber se já nos vimos antes. Seu nome está por um fio, porém não consigo lembrar.

— Lisandra, mas você me chamava de Lis.

A ocasião pedia uma abordagem amena e alguma coisa me impedia de ser agressiva como eu tinha planejado.

— Ah! Então eu estava certo. Nos conhecemos.

— Sim, fevereiro de dois mil e dez. Festa de carnaval da minha prima Patrícia em Cabo Frio, Rio de Janeiro.

O rosto de Dimas refletia uma explosão de imagens que decerto correram em sua lembrança.

— Claro. Lis. Caramba, quanto tempo!

Ficamos os dois sem falar nada, apenas nos olhando e achei que talvez fosse melhor esquecer tudo aquilo. Deixar o passado como estava e quem sabe a vida se encarregava da sequência natural das coisas.

— Puxa, uma pena que estou com pressa. Você trabalha aqui?

— Não exatamente, mas fique tranquilo. Não quero atrapalhar seus planos.

— Como assim planos? Do que está falando?

— Ora, ninguém compra uma rosa só para decorar. As flores servem para nos conectar com as pessoas.

Ele cumprimentou com um aceno sem graça e demorou a dar os primeiros passos. Era certo que no caminho de casa seu pensamento estava outra vez naquele carnaval e nas loucuras que fizemos.

Quando Dimas chegou no apartamento, ainda se sentia incrédulo com o encontro. Ligou o rádio no máximo volume e procurou esquecer o mundo. Afinal, Nic era o foco da noite.

Levou quase quarenta minutos para preparar tudo e quando seu amor abriu a porta, todos os detalhes estavam impecáveis. O efeito do arranjo sobre a rosa na mesa posta para o jantar arrebatou Dominic que mesmo mantendo uma postura de difícil, acabou derretendo-se ao sentir o cheiro da comida.

A noite foi um sucesso, mas não só pelo carinho com o qual foi preparada. Era o sorriso ressuscitado na pele morena de Dimas que deixava a ocasião tão especial.

***

No dia seguinte os dois acordaram quase que ao mesmo tempo e durante o café da manhã veio a confissão.

— Nic, eu preciso te contar uma coisa.

— Ai meu Deus! Não me diga que tem outra notícia torta? Por favor não. Ao menos vamos terminar o café em paz. Não quero brigar com você depois de um momento tão maravilhoso como o de ontem.

Nic estava relutante e se retorceu na cadeira ficando de lado, evitando encarar o que viria a seguir.

— Na noite retrasada, logo depois que brigamos, eu tive um sonho estranho. Você sabe que não acredito nestas coisas de espíritos e sobrenatural, mas foi tão real que sinto necessidade de dividir com você. Afinal você é mais sensível para estas coisas.

A curiosidade de Dominic foi de zero a mil em segundos.

— Conte logo homem de Deus. Vai, que o suspense me mata assim desse jeito.

— Sonhei que estava amarrado, deitado sobre uma jangada feita com pedaços de móveis da antiga casa dos meus pais. Chego a lembrar de uma parte que era feita da porta do armário de minha mãe que tinha um espelho longo com desenhos entalhados. O barco parecia improvisado, frágil e com dificuldade flutuava sobre um rio de águas escuras e de margens altas. Eu não sei dizer se estava amanhecendo ou anoitecendo. A minha visão não funcionava muito bem, mas tudo parecia tão real que até o cheiro da madeira molhada me vem a cabeça agora que estou te contando.

Nic ouvia o relato sem piscar enquanto Dimas continuou.

— Por um momento senti que aquele era o meu fim. Eu estava com tanto medo do que vivenciava no sonho que acho que senti a própria morte sentada aos meus pés, remando o frágil barco na direção de um rodamoinho que ficava sob uma ponte branca.

Os olhos de Dimas encheram-se de lágrimas e sua voz ficou embargada.

— Continue meu amor. Ponha para fora o que te deixa aflito. Você pode contar comigo. Sabe disso, não sabe?

Ele sacudiu a cabeça em afirmativo e continuou a narrativa contando que pensou estar em um caminho sem volta, depois de ter tomado oito comprimidos em menos de doze horas.

— Eu não acredito que você tomou mais remédio depois que eu saí. Você quer se livrar de mim, é isso?

Dominic não continha sua reação explosiva e precisou levantar para continuar ouvindo.

— Perdão meu amor. Não sei onde estava com a cabeça, mas acredito que agora encontrei meu caminho e prometo que farei mudanças na nossa vida.

Nic andava de um lado para o outro da cozinha mantendo os braços cruzados enquanto Dimas continuava a narrativa.

— Eu estava pronto para me entregar. — Ele disse deixando rolar algumas lágrimas que mais pareciam de constrangimento do que de culpa.

— Dimas, meu amor, eu entendo que você esteja atravessando um momento de atribulação, mas você precisa encontrar forças para sair dessa depressão.

Dominic parecia alternar entre a raiva, a curiosidade e a ternura.

— O que mais aconteceu no sonho? Você está escondendo alguma coisa de mim.

Dimas, respirou profundo e colocou o resto da história para fora.

— Quando o barco chegou bem perto do redemoinho, tudo que eu sentia era um frio insuportável dos pés a cabeça, mas de repente uma mão pequena e macia tocou meu peito. Era uma menina de não mais que seis anos de idade, com os olhos idênticos aos de minha mãe.

Dominic se aproximou e colocou os braços ao redor de Dimas em um gesto de carinho e suporte.

— Nic, eu não sei como explicar, mas senti a presença de minha mãe durante o sonho. Acho que a menina era ela, que de alguma forma, veio me ajudar a lidar com essa doença maldita que não me deixa viver.

— E o que mais? Você lembra de mais algum detalhe?

— Quando entendi que se tratava de minha mãe eu já não estava mais preso. Estava de pé as margens do rio tendo a menina me puxando pelas mãos ribanceira acima. Ela me conduziu até o topo e mostrou uma cidade ao longe. Eu não conseguia ver bem, mas acho que era uma cidade de prédios baixos. Ao mesmo tempo que a imagem me trazia esperança, também me deixava angustiado e foi quando ela pareceu perceber minha dor, minha tristeza e apontou para o céu, repetindo por duas vezes a palavra estrela. Ela falava com as letras quebradas, porém três estrelas bem brilhantes se faziam notar, uma ao lado da outra, em linha no céu.

Dimas contava a história com realismo e parecia rever no fundo da xícara a sua frente, uma reprise da cena.

— Meu amor, quanto tempo faz que eu venho te dizendo para você superar a morte de sua mãe. Pelo visto, como eu não tenho feito um bom trabalho, minha sogra precisou vir na pele da menininha para te mostrar o caminho.

— Deixe de besteira, você sabe que não acredito nestas coisas.

— Não acredita, mas está aí todo mexido com o sonho. Além do mais eu também tenho que te contar uma coisa.

Dimas enxugou os olhos e ficou à espera, enquanto Nic foi ao quarto e retornou com um envelope.

— Tome. Esta carta é para você e antes que comece a praguejar, saiba que sua mãe me fez jurar só te entregar, quando eu recebesse um sinal.

— E você acha que meu sonho foi um sinal?

— Não. O sinal foi você ter me contado. Tome. Pegue. É sua.

Dimas aceitou com desconfiança, um tanto sem acreditar na história.

— Você abriu ou ela te deu para guardar sem fechar?

Dimas perguntou com tom de acusação.

— Ela escreveu na minha frente, pouco depois de receber os últimos laudos médicos. Todos nós sabíamos que ela estava doente meu amor. Fique forte e leia o que ela te deixou.

— Talvez seja melhor você ler para mim. Pode ser?

Dominic retirou a folha de caderno de dentro do amassado envelope, desdobrou e leu:

"*Amado filho.*

Hoje é um dia ruim. Acabei de pegar os resultados dos exames e como o médico tinha previsto, a doença espalhou.

Dominic é um amor de pessoa e me acompanhou desde o hospital até aqui. Conversamos bastante nos últimos meses e fico feliz por saber que estará em boas mãos quando me for.

Por favor entenda que esta não é uma carta de adeus. Tenho certeza que no fundo do seu coração você sabe que estarei, lá do outro plano, cuidando de ti. Afinal sou e sempre serei sua mãe coruja. Sua eterna melhor amiga.

A minha intenção com este bilhete não é tão pouco esconder nada de ti, porém existem certos assuntos que demandam o tempo correto para serem abordados. Tu sabes como eu sou.

Hoje tenho a certeza que minha tarefa nesta vida foi amá-lo e encaminhá-lo, mesmo acreditando que em muitos momentos eu poderia ter feito melhor. Aquela fatídica tarde de domingo quando você e seu pai brigaram demorou para sair dos meus ombros, mas hoje não me culpo por nada. Tento ver o lado bom da vida e os ensinamentos que aquele dia nos deixou.

Filho o que desejo com estas palavras, às quais confio à Dominic para escolher o momento mais apropriado de lhe entregar, é que por favor, não cultive o luto e o rancor. É claro que entendo a sua tristeza, mas me responda: Qual a mãe que deseja ver seu filho triste?

Chore. Recolha-se. Reflita e quando o dia amanhecer permita-se a felicidade.

Eu tenho a certeza que entenderá este meu pedido e exatamente por isso estarei confiante, onde eu estiver, que encontrará no seu coração um lugar para perdoar também as ações de seu pai. Sim, eu sei que será difícil, mas lembre-se que nem sempre a relação de vocês foi de conflito. Pelos dias em que ele te carregou nos ombros, pelas vezes que ele ficou com fome para te manter alimentado ou mesmo pelo carinho e respeito que ele tinha por mim. Eu te peço meu filho, que o perdoe também.

Se te serve de algum incentivo para que dê o primeiro passo neste sentido, posso afirmar que vi nos olhos dele, nos instantes finais que passamos juntos, a verdadeira vontade de dizer o quanto ele te amava. Ele se arrependeu dia e noite, desde que você se foi, porém, sua criação rústica não o permitia abrir o coração para o próprio filho e pedir desculpas.

Dimas. A sua missão nesta vida é encontrar a felicidade e para isso você precisará se desfazer de toda esta tristeza que carrega. Se em algum momento você considera que fui uma boa mãe, uma boa parceira, ao menos tente seguir as instruções que te deixo como herança. Sei que sozinho será complicado atravessar este momento, mas você tem Dominic e outras pessoas estarão a sua espera para ajudar no que for preciso.

Filho, em seu coração perdoe seu pai. Em sua alma liberte-se da tristeza e seja feliz. Seja muito feliz. É tudo que desejo para ti.

Fique com Deus meu filho amado.

Com carinho hoje e sempre.

Sua mãe, Estela."

Quando Nic terminou de ler, Dimas não estava choroso. Tinha as mãos sustentando a xícara e o olhar perdido.

— Meu amor, você está bem? Quer um pouco de água?

— Espero que ela saiba o quanto eu fui feliz ao lado dela. O quanto ela foi importante para mim.

— Ela sabe, meu bem. Ela sabe.

Dominic largou a carta sobre a mesa e deu um abraço no marido tentando mantê-lo longe da depressão.

— Eu só queria saber como faço para encontrar uma maneira de perdoar meu pai. Tantos anos já se foram e eu ainda sinto um ódio profundo.

— Dimas, meu querido, quando sua mãe escreveu a carta ela também deixou comigo um nome e um telefone de uma amiga dela.

— Amiga? Que amiga?

— Não sei bem. Na ocasião, quando perguntei ela me disse se tratar de uma senhora chamada

Carmem. Dona de uma casa de retiro em Minas Gerais.

— Como assim um retiro? Você e minha mãe viviam conspirando né?

Dominic deu de ombros, mas não negou.

— Olha, o que me lembro é que o tal retiro é um lugar para meditar. Um espaço tipo um spa onde você vai para se encontrar consigo mesmo. Um tipo de clínica da alma.

Dimas tomou a carta para conferir o nome e o telefone no rodapé.

— Acho que deveria ligar e agendar ainda hoje. Afinal você tem tempo para ir e temos alguma reserva de dinheiro, então basta você decidir.

Dimas levantou da cadeira e uma nuvem negra se abateu sobre ele, alterando completamente seu semblante.

— Aposto que isso é o que você queria todo o tempo, não é mesmo?

Dominic franziu a testa tentando entender do que ele falava.

— Ontem você me deixou aqui sozinho, mesmo sabendo que eu tinha acesso aos comprimidos. Você viu meu estado quando chegou e ainda assim me largou sozinho. Agora quer me despachar para esse tal retiro. E pensando bem, onde você dormiu na noite que brigamos?

Nic tinha a boca aberta, mas as palavras lhe faltavam para expressar qualquer reação.

— Aposto que está de caso com o seu chefe, aquele malandro lá do hospital, e agora quer que eu me afaste para arrumar uma maneira de levar os móveis do apartamento. É! Você na certa já tem tudo planejado e só está me preparando para o golpe de misericórdia. Sim, sim, eu já entendi tudo.

— Seu estúpido egoísta. — Nic pegou um copo sujo sobre a pia e o arremessou com tamanha força que ao encontrar a parede, milhares de pequenos cacos explodiram, como se fosse uma granada.

— Só para você saber, eu dormi na casa da minha irmã e passei a noite toda chorando e rezando para que Deus lhe desse um pouco de juízo. Rezei tanto que quando te vi com o avental, finalizando o jantar, prometi que jamais o deixaria outra vez, mesmo se fosse essa a Sua Vontade.

Dimas ignorou o que ouviu, pegou a carta, trocou de roupa e saiu sem se despedir.

Por mais de uma hora rodou de carro pelas ruas de Brasília, até que quando deu por si, estava bem próximo do cemitério.

O coveiro que também fazia o trabalho de zelador o cumprimentou quando ele passou de cabeça baixa rumo ao túmulo de sua mãe.

— A senhora bem que podia ter conversado comigo nos últimos dias que estivemos juntos. Não precisava deixar bilhete nenhum escondido.

Ele não conteve as lágrimas e caiu de joelhos sobre a base da lápide.

— Eu sei que sempre recriminei a senhora por ir nestes lugares de meditação e espiritualidade, mas se você ao menos tivesse...

Depois de muito tempo sentado no chão e com o rosto todo vermelho, pegou na carteira uma foto de sua mãe. Olhou para o alto e sussurrou algo apenas para ele mesmo. Quando decidiu conferir as horas no celular o visor mostrava 12:34. Um pensamento iluminou seu rosto e o fez levantar engolindo o choro como se tivesse recebido uma mensagem.

— Oh! Minha mãe, me dê forças para reencontrar a felicidade. Mesmo não acreditando como você acreditava, farei o que pede.

Chegando em casa tinha um sorriso de orelha a orelha, porém não encontrou seu amor. A casa estava fria e vazia novamente.

Arrumou uma mala pequena com meia dúzia de roupas e largou sobre a mesa da cozinha um recado para Nic, dizendo que não se preocupasse. Que estaria bem nos dias seguintes, mesmo se não desse sinal de vida. Por via das dúvidas deixou anotado também o telefone do retiro, seguido de um "Eu te amo".

CAPÍTULO 02
CONSENTIMENTOS E REENCONTROS

A casa de retiro ficava na cidade de Três Marias no estado de Minas Gerais, à aproximados quatrocentos e cinquenta quilômetros, ou seis horas de viagem de ônibus.

Dimas comprou a passagem só de ida, visto que não sabia ao certo quanto tempo ficaria por lá. Quando atravessou o portão de embarque, já dentro da rodoviária, teve a sensação de que sua mãe estaria feliz ao vê-lo tão firme e decidido.

Subiu no ônibus e logo que se acomodou o motorista deu a partida no motor. O trajeto não era dos mais agradáveis, porém ele não era de apreciar paisagens. Ao contrário, quando saía para viajar levava consigo um ou dois livros. A leitura era sua desculpa preferida para evitar o bate-papo furado com as pessoas durante a jornada.

O ruído repetitivo e o balanço brusco ocasionado pelos inúmeros buracos na estrada dificultavam a concentração. Dentro do veículo os bancos eram revestidos com um tipo de carpete marrom que além de esquentar, tinham um aspecto esquisito.

Após percorrer um terço do caminho, sob muitos protestos dos demais passageiros, o motorista finalmente anunciou que faria uma parada de trinta minutos para que todos pudessem fazer um lanche rápido.

O transporte era conhecido como *cata-corno*, uma expressão local para especificar o tipo de condução que fazia paradas durante todo o percurso, permitindo que os passageiros entrassem e saíssem em qualquer ponto do trajeto. Isso tornava a aventura ainda mais insólita, inclusive com a possibilidade de o assento ao lado mudar de dono de uma hora para outra.

Dimas teve sorte e até ali viajou sem vizinhos, mas ao retornar entrou em pânico quando viu que um homem de aproximados trezentos quilos ocupava seu lugar.

O problema não era por conta dele ocupar quase que os dois bancos, mas sim o fato de que suava em bicas, enquanto comia vigorosamente um sanduíche oleoso. O cheiro de queijo era tão forte que podia ser sentido da porta de entrada do ônibus.

— Com licença, mas estou sentado aí.

O homem deu uma olhada de cima para baixo em Dimas que apesar de fora de forma, poderia fazer frente a qualquer garotão de academia.

— Desculpe meu amigo. Achei que não tinha ninguém sentado aqui nestes bancos.

O gigante levantou todo desengonçado e transferiu-se para o banco mais ao fundo do veículo, quase de frente para a porta do apertado banheiro.

Dimas esperou até que todos voltassem e se arrumassem para só então se acomodar outra vez. O veículo retomou a estrada e por sorte em todas as demais paradas, nenhum dos novos passageiros escolheu o lugar ao lado dele.

A viagem corria bem, mas era impossível a leitura no ambiente que após quase quatro horas fedia a comida velha, suor e urina. Sem contar o calor de mais de trinta e cinco graus do dia abafado. Nem mesmo o vento que corria pelas janelas arreganhadas conseguia amenizar o fedor.

Faltando menos de duas horas para atingir o destino final, o transporte reduziu a velocidade e chegou a parar em certo trecho da rodovia que mais parecia um viaduto do que uma estrada. Em ambos os lados uma ribanceira demarcava para todos os motoristas o preço por exceder os limites de velocidade na pista.

Os passageiros olhavam através das janelas temerosos e não demorou para avistar dois veículos acidentados na vala de barro vermelho. Um carro de passeio com as ferragens retorcidas e um micro-ônibus de ponta-cabeça. Logo depois do local da tragédia, o transporte fez outra parada para recolher um casal de jovens com enormes mochilas presas nas costas.

Subiram os degraus da entrada e com o pescoço erguido, confirmaram que somente um único assento estava livre. Reclamaram aos montes, porém o motorista foi firme em dizer que não era permitido passageiros em pé durante o percurso. O garoto ainda tentou subornar o condutor, mas foi possível ouvi-lo dizer que as autoridades locais estavam fiscalizando com rigor todos os veículos, depois do acidente ocorrido há cerca de duas semanas naquele mesmo trecho da via.

Ninguém teve dúvidas que ele falava sobre os destroços, vistos lá atrás.

Os jovens desceram e Dimas ainda pensativo na cena do acidente mal reparou quando o motor voltou a rugir e uma voz suave lhe pediu permissão para sentar-se a seu lado.

Seu cérebro teve dificuldades em interpretar o que seus olhos viam e ele ficou inerte, enquanto a moça de cabelos ondulados tomou posição.

— O que você faz aqui? Não acredito que é você.

— Dimas? Minha nossa, que surpresa.

Lisandra parecia ainda mais assombrada pelo encontro e tinha a feição um pouco pálida.

De um instante para outro a viagem ganhou um novo ritmo e Dimas já nem sentia o cheiro ruim, o calor ou mesmo a presença das outras pessoas que falavam sem parar, reclamando de tudo durante o caminho inteiro.

— Uau! Posso dizer que por essa eu não espera mesmo. Ver você outra vez em tão pouco tempo.

— Como assim Lis, achei que tivesse gostado do nosso reencontro lá na banca de flores.

— Não é isso. Acho que eu não estava preparada. É mesmo uma surpresa e tanto te reencontrar.

— Isso deve ser o destino brincando com a gente, mas seja lá como for, ao menos desta vez eu não tenho pressa nenhuma e pelo visto você também não.

Os dois sorriram juntos concordando que literalmente estavam no mesmo caminho.

— O que você faz indo para Três Marias?

— Como sabe que estou indo para lá?

— Ué! Este é o ônibus 555 que só vai para a cidade de Três Marias, então deduzi que...

Ele fez uma cara de paspalho arrependido pela pergunta mal pensada e a interrompeu.

— Tem razão. Não sei onde estou com a cabeça. E respondendo a sua pergunta, estou indo para um retiro de férias.

Lisandra aceitou a resposta sem demonstrar saber sobre o real motivo.

— Que bom que terá um tempo livre então. Eu moro lá com meus pais. Na verdade, eu estava em Brasília cobrindo uma outra funcionária da empresa que fornece flores e não pode trabalhar estes últimos dias.

— Nossa! Isso que é sorte minha. Sua amiga sem querer me deu a oportunidade de encontrar você por duas vezes.

Os olhos dos dois brilhavam à medida que a conversa fluía.

— Mas me conte mais de você Lis. Faz quanto tempo que não a vejo? Quatro ou cinco anos?

— Seis. Sendo bem sincera faz seis anos.

Dimas percebeu que ela não vacilou na resposta.

— Seis anos e parece que foi ontem que fizemos aquela farra na casa da sua prima. É! Eu lembro agora. Foi nosso primeiro e último encontro. Isso é, sem contar a vez da banca de jornais.

Lis ficou corada com a menção do passado existente entre eles.

— Pois é. O tempo passa como um foguete. Mas, pelo visto você ficou bem. Está com a mesma cara que me encantou naquele baile de carnaval. Não parece ter mudado nada, a não ser o olhar que se me permite dizer está mais triste.

— Sim, eu tive um período difícil nestes últimos anos. Perdi meu pai, depois minha mãe, precisei mudar de cidade, de emprego. A vida não me deu trégua.

Aos poucos, um foi ganhando a confiança do outro e eles só perceberam a chegada na rodoviária de Três Marias quando os outros passageiros começaram a descer.

A conversa estava tão cativante que foram os últimos a sair e mesmo fora do veículo continuaram com a euforia. Algumas pessoas que transitavam pela humilde rodoviária, vez por outra, lançavam olhares reprovando o comportamento que parecia interferir na rotina da cidade que se preparava para dormir.

— Dimas. Eu preciso ir. Está tarde e meus pais provavelmente estão preocupados à minha espera.

— Claro. Entendo perfeitamente, mas o que acha de nos vermos outra vez, já que mora aqui e a vida nos impôs esta sorte?

Ela relutou desviando o olhar para longe, mas acabou cedendo.

— Eu adoraria. Fazemos assim então. Quando tiver um tempo durante os seus dias de descanso me procure na banquinha de flores que fica em frente ao hospital municipal. Eu trabalho lá das dez da manhã às cinco da tarde, de segunda à sábado.

— Combinado então. Pode esperar que vou aparecer e te convido para tomar uma cerveja ou um café. Ouvi dizer que aqui na cidade fazem um bolo de fubá que é uma maravilha.

Lisandra fez um sinal de positivo com a mão, porém não deu chance para que Dimas se despedisse com um beijo ou nem sequer um aperto de mãos.

O caminho até o retiro estava marcado no GPS do telefone dele e antes de tomar distância, Dimas ainda procurou por Lis entre os carros estacionados à beira da rua, mas ela virou a esquina sem olhar para trás.

***

— Boa noite senhor Montenegro. Como foi a viagem até aqui?

Uma senhora de olhar meticuloso contornou o balcão de atendimento e foi receber o rapaz que desengonçado quase derrubou as velas e incensos que ornamentavam a entrada do lugar que se assemelha a uma pousada praiana.

— Dona Carmem?

— Sim, eu mesma. Acho que não lembra de mim, mas estive no velório de sua mãe. Estela era uma grande e querida amiga.

Os dois olharam para o chão procurando não entrar no assunto delicado.

— Bem aqui estou então, conforme combinado por telefone. Devo fazer o pagamento da estadia agora?

— No final meu filho. Não se preocupe com isso. Por agora você deixará sua mala aqui comigo, por gentileza. E também sua carteira, seu relógio e seu celular. Pode ficar tranquilo que é seguro.

O rapaz olhou de forma desconfiada, mas seguiu a orientação.

— Tome. Estas mudas de roupas são para usar enquanto estiver aqui durante os próximos cinco dias.

— Mas eu trouxe a minha própria roupa. Está na mala.

— Nada do que trouxe pode passar deste ponto. Aliás, o trocador é logo ali e você pode tirar estas roupas que está vestindo também.

Dimas achou a moça um tanto autoritária, mas entrou no espaço que mais parecia um caixão, de tão apertado. Substituiu suas roupas pelo uniforme de cor branco encardido e conferiu que as vestimentas eram todas iguais. Cinco conjuntos compostos por um calção, uma calça larga, uma camiseta de algodão, uma camisa de mangas curtas com botões e um blusão de tecido mais grosso para simular um casaco, caso sentisse frio.

— Estou parecendo um pai de santo, porém preciso dizer que é tudo muito confortável.

— Meu filho, você veio sozinho, não veio?

Dimas não entendeu a pergunta, porém confirmou assim mesmo.

A senhorinha passou a olhar na direção da rua, como se soubesse que alguém observava de longe, por detrás da cerca de bambus que separava o Retiro Ipê Amarelo da rua de mesmo nome.

— Está tudo bem Dona Carmem?

— Sim, tudo em ordem. Eu é que estou ficando velha. Venha comigo que vou mostrar seu quarto e onde pode ter uma refeição leve antes de dormir.

Ela bateu três vezes na porta antes de abri-la e quando entrou, indicou que a cama de Dimas era a da direita.

— Porque não posso ficar com a da esquerda?

— Aquela já está em uso meu filho. Seu companheiro de quarto está em um tipo de tratamento especial por esta noite, mas você o conhecerá amanhã.

O rapaz ficou incomodado com a notícia de que dividiria o quarto com um desconhecido. A princípio nada daquilo tinha sido explicado pelo telefone, mas Dimas também não era um cliente que exigia detalhes em nada do que fazia. Vivia voando e era comum comprar algo sem perguntar o preço. Só quando precisava pagar é que descobria que não tinha dinheiro suficiente.

— Pode deixar as roupas dentro dos sacos plásticos da mesma maneira como estão dobradas. É só colocar nas gavetas sob a cama. Seguindo o corredor até o final você encontrará a cozinha e eu mantenho por lá uma sopa de cebola bem morninha até tarde da noite, além de chá, pão e uns biscoitos.

— Obrigado, mas acho que deixarei para comer amanhã de manhã. A viagem foi cansativa e ainda estou sentindo o banco do ônibus colado às minhas costas.

Ela se despediu e fechou a porta, deixando o hóspede à vontade dentro do quarto que tinha apenas duas camas de solteiro, lençóis limpos, travesseiros e duas garrafas de água. Sobre cada uma das garrafas, no gargalo, repousava um copo raso, virado de cabeça para baixo.

No início o silêncio profundo criou nos ouvidos de Dimas um som fino que o impediu de dormir. A quietude era tão densa que ele ouvia as batidas do próprio coração e a voz dentro de sua cabeça era a única que martelava seus pensamentos. Lutou uma meia hora contra o colchão de espuma macia até que o cansaço da viagem o abraçou, desligou sua mente do mundo e o fez mergulhar em um sono profundo.

Os pequenos estalos que a chuva provocava ao acertar o beiral da janela pelo lado de fora, funcionaram como despertador.

Dimas não estava acostumado a dormir sem olhar seu telefone e menos ainda a acordar sem o ruído do alarme. Com o tempo nublado ele não percebeu o quanto tinha dormido. Deu um jeito no cabelo usando os dedos e escovou os dentes estranhando o kit de higiene pessoal que acompanhava um par de chinelos. Tudo muito bem embalado e limpo sobre uma bancada dentro do banheiro.

Quando abriu a porta deu de cara com um homem que tinha lá os seus cinquenta ou sessenta anos de idade. As sobrancelhas grossas e escuras criavam um contraste com os poucos fios de cabelos que surgiam apenas nas laterais da cabeça.

— Bom dia. Você deve ser o Dimas.

— Sou eu mesmo. Bom dia para o senhor também.

— Muito prazer. Eu me chamo Santoro. João Mauro Santoro.

Dimas o cumprimentou com um aperto de mão molengo e ainda um tanto sonolento perguntou onde era servido o café da manhã.

— Se você deseja comer alguma coisa ainda antes do almoço é melhor acelerar porque depois do meio dia só fica a sopa de cebola por lá.

O rapaz olhou com uma cara de desespero.

— Você sabe que horas são?

— Não. Aqui dentro não é permitido relógio ou qualquer dispositivo eletrônico, mas eu diria que estamos próximos do meio dia e se fosse você correria até cozinha agora mesmo.

Dimas entendeu o recado e mal se despediu, mas por sorte ainda encontrou uma boa variedade de comida quando chegou as mesas do serviço de café da manhã.

Quando já estava satisfeito e com as baterias recarregadas, Dona Carmem apareceu para apresentar as primeiras instruções do retiro espiritual.

— Olá meu filho. Dormiu bem?

— Acho que a última vez que eu dormi bem assim, eu tinha uns dez anos de idade. Eu adorava dormir no sofá da sala com a cabeça no colo de minha mãe. Este lugar é mágico.

Dona Carmem riu, mas agradeceu o elogio ao local que ela chamava de casa.

— Bem, agora que está descansado, alimentado e desconectado do mundo, você pode começar sua primeira tarefa por aqui.

— Vamos a isso então. É só me dizer o que preciso fazer. Estou pronto para varrer o chão, lavar umas roupas, pintar paredes, é só mandar.

Dimas estava ávido por atividade e como um homem da cidade ele sabia por alto o que esperar de um lugar como aquele. Sua mãe já tinha feito centenas de retiros espirituais ao longo dos anos, mas ele nunca prestou atenção nas histórias dela.

— Você terá cinco dias aqui, a contar com hoje. Suas tarefas estão divididas em três etapas, sendo a primeira o que chamo de imersão. Você terá o dia inteiro para ficar atoa e aprender a se libertar do tempo.

Ele franziu a testa e expressou que perguntaria alguma coisa, mas Dona Carmem continuou.

— Tente esquecer que existe um mundo lá fora. Desapegue-se do tempo, dos horários e toda vez que desejar saber que horas são, respire profundamente e diga para si mesmo que é hora de aprender a lidar com o seu eu interior. Que é hora de se colocar no caminho que o levará a felicidade absoluta. Que é o momento de reestabelecer as ordens do amor na sua vida.

— Entendi. Agora acho que captei a mensagem. — Disse Dimas sacudindo os braços como quem se prepara para uma aula de ioga.

— Nos dias um, dois e três você não poderá sair do retiro. Além disso todo contato que vier de fora será bloqueado na recepção e só o acionaremos em caso de vida ou morte. Por exemplo, se alguém que sabe da sua estadia aqui conosco, ligar pedindo para falar com você, anotaremos o recado, mas somente no dia quatro é que receberá a notícia.

Dimas pensou em Dominic, mas agora era tarde demais.

— Dona Carmem como vou passar o dia inteiro sem fazer nada. Eu preciso manter minha mente ocupada.

— Medite meu filho. Deixe que as energias boas que circulam aqui neste local trabalhem sua alma e quando você estiver pronto, prometo que teremos o que fazer. Até lá apenas relaxe, faça amizades, converse com os outros que estão aqui. Compartilhe suas histórias e quem sabe você encontre um bom passatempo contando as suas próprias aventuras para novos desconhecidos que estão prestes a cruzar sua vida.

A mulher o largou com um pedaço de bolo de cenoura e talvez por vestir roupas brancas ou mesmo por sua postura firme, ele tenha lembrado de Nic mais uma vez.

Em seu coração ele sabia que seu amor jamais o trairia com outro homem, mas seus pensamentos ainda insistiam em criar uma ponta de ciúmes.

Dimas não sabia o que era pior. Não saber que horas eram ou não ter o que fazer com os minutos livres. Tentou ler um livro que arrumou na recepção. Tentou dormir um pouco. Fez uns exercícios rápidos desfrutando do ar puro do jardim. Arriscou puxar conversa com uma moça que parecia triste e que mal lhe deu atenção.

Parece incrível, mas as pessoas só percebem o quanto estão dominadas pelo tempo quando elas se desprendem dos marcadores a sua volta. A referência que o tic-tac cria em nossas mentes é tão forte que nos acostumamos a viver empurrados pelos ponteiros do relógio.

O jantar foi servido na grande mesa do refeitório sob um longo silêncio. Os participantes não eram muitos e a falta de interação entre eles deixa a comida sem sabor.

No cardápio extravagante. Umas batatas cozidas no vapor, Couve-flor gratinada com queijo, alguns pedaços de cenoura, azeitonas pretas e tomates. Tudo temperado com pouco sal e azeite.

Só quando todos terminaram é que um auxiliar do retiro, sorteou um nome dentre outros tantos que estavam em um saco transparente próximo a um quadro negro.

— Montenegro. — Disse ele apontando para a cozinha.

— E Santoro.

O homem sumiu sem dar qualquer explicação.

— Então somos os dois escolhidos da noite?

Santoro fez menção com a cabeça indicando que Dimas deveria segui-lo.

— O que você quer dizer com escolhidos?

— Eu e você teremos nosso próprio tempo de meditação lavando a louça do jantar.

— Oh! Mas a Dona Carmem me deu a missão de permanecer atoa durante o dia de hoje.

Santoro sacou o novato e não lhe deu opção de fugir, entregando-o um avental com o logotipo do retiro.

— Dona Carmem disse bem. Durante o dia e agora já é noite, então mãos à obra.

Os dois eram ágeis em lavar e secar a louça. Dimas até que gostou da ação e o trabalho deu um novo ânimo. Santoro por sua vez parecia uma metralhadora de palavras e mesmo depois de terminado o serviço, continuou a conversa por horas. Sentados na varanda eles só deduziram que era tarde quando respiraram o ar mais fresco da madrugada.

— Acho que por hoje chega né? Você deve estar saturado da minha voz.

— Que nada. Foi bom ouvir suas histórias. Uma pena que nenhuma delas foi sobre a sua vida fora daqui. Ao menos assim eu poderia entender melhor o que eu devo procurar durante os próximos dias.

Santoro fintou o novo amigo e prometeu que no dia seguinte, caso ele conseguisse acordar antes do café da manhã terminar, contaria um pouco da sua história pessoal.

Dimas aceitou o desafio e já no quarto após dar boa noite para Santoro, viu-se outra vez com os pensamentos em Dominic. Lembrou também de sua querida mãe e de como estava longe de casa, porém foi uma saudade doce de Lisandra que o fez adormecer.

***

CAPÍTULO 03
DÚVIDAS E SOFRIMENTOS

Na manhã seguinte, deu um salto da cama ao perceber que seu parceiro de papo não estava no quarto. Arrumou-se em menos de dez minutos, mas quando chegou ao refeitório era tarde demais.

Sobre a mesa restava apenas um prato fundo com um pouco de granola, uma maçã, uma banana e um pedaço de bolo. Tudo coberto por um plástico transparente e sobre o qual um recado dizia: "Café na garrafa térmica"

Sentado nos degraus da varanda Santoro o cumprimentou com um sorriso largo. Dimas recolheu seu banquete e foi para perto dele, aproveitar o sol que já ia alto no céu.

— Bom dia! Ou boa tarde. Vai lá saber né?

— São meio dia e doze, portanto boa tarde.

Dimas ficou intrigado com o homem de barba malfeita, misturada entre fios brancos, cinza e preto.

— Como assim? Você tem um relógio escondido por aí?

— Não, mas eu sei calcular o tempo pela posição do sol.

— Está certo. Faz de conta que eu acredito.

O homem então pegou um galho seco que estava no canteiro de flores ao lado e com ele reacendeu o que parecia um semicírculo rabiscado no chão de terra. Dentro do desenho ele evidenciou doze divisões iguais e em cada uma delas uma sequência de números que iam desde 6, na extrema direita, até 18 na esquerda.

— Você é uma pessoa cheia de truques meu caro. Um relógio solar é mesmo uma ideia de gênio.

Santoro confirmou se alguém mais estava por perto e falou baixinho:

— Vê a sombra? Meio dia e qualquer coisa. Se eu pudesse apostar diria que são doze e quinze.

— Sim, concordo com você. Se o relógio estiver alinhado certinho, pode ser que esteja preciso também, mas o curioso é que você disse meio dia e doze. Isso seria precisão demais, não acha?

Santoro ignorou a pergunta e antes que alguém descobrisse seu segredo desfez o marcador de tempo com a sola do chinelo e o escondeu sob algumas folhas murchas.

— Bem. Então como eu venci o desafio teremos o dia todo para ouvir suas histórias certo?

Dimas se assustou com a cobrança do amigo.

— Como assim? O combinado era você, Santoro, contar sobre sua vida caso eu acordasse a tempo, mas não tratamos nada, caso eu dormisse demais.

— Sabe que agora que você mencionou, é que eu percebi que tem razão. Não combinamos mesmo.

Os dois sacudiram as cabeças em sinal negativo, admitindo que estavam mesmo perdidos. A rotina daquele lugar estava deixando os dois malucos.

— Tudo bem então. Mesmo você tendo perdido eu contarei um pouco da minha história, mas em troca terá que prometer ir comigo na cidade quando puder sair. Combinado?

Dimas afirmou dando de ombros, pois afinal era tudo que ele poderia fazer, já que não tinha acesso a internet, nem a televisão e nem mesmo a um rádio de pilhas velho para saber o que acontecia no mundo lá fora.

A conversa fluiu em meio a piadas e gargalhadas. Santoro explicou que fez muito dinheiro vendendo vinhos pelo mundo afora. Que conhecia mais de cem países e todos os estados brasileiros. Enchia o peito para dizer que era nascido em Santa Catarina e que suas habilidades com as uvas vinham da descendência italiana que corria em suas veias.

Falava Francês, Inglês, Espanhol, além do Português e de uma variante do idioma Árabe. Ele contava histórias tão inusitadas de suas aventuras como empresário que mesmo outros dois visitantes do retiro se sentaram por uma meia hora para ouvi-lo. O senhor de poucos cabelos sabia como contar uma boa história. Os gestos e as caras que fazia para representar o que contava davam vida a imaginação da pequena plateia.

Dona Carmem chegou um pouco antes do Almoço e sorrateira, começou a fazer perguntas sobre pontos específicos das aventuras narradas.

— Conte para nós como foi a sua última viagem.

Ao escutar o pedido de Carmem. Santoro a olhou como quem olha um fantasma. Ele engoliu as palavras um tanto sem graça e seus olhos deixaram claro que ele não desejava tocar no assunto.

— Está na hora meu filho. Aproveite que está com amigos. Hoje é um dia bom para compartilhar o que lhe pesa o coração. Divida o fardo conosco e será mais fácil seguir em frente. Estamos todos aqui para te ajudar.

— Eu ainda não estou pronto.

Dona Carmem chegou até ele e o abraçou, da mesma maneira que uma mãe abraça um filho quando ele perde uma competição da escola, ou quebra o seu brinquedo favorito.

As pessoas dispersaram e mesmo Dimas teve vontade de deixar o amigo sozinho, mas algo o manteve solidário.

— Parece que você precisa de um almoço reforçado para lidar com o que lhe aperta os olhos. Venha meu caro. Vamos comer porque após a sobremesa será minha vez de contar causos.

Durante todo o almoço as pessoas mantiveram-se caladas. Era estranho o efeito que o refeitório exercia nas pessoas. A maioria vinha falante e quando cruzava o arco central da entrada, emudeciam. E bastava sair do local para que seus semblantes retomassem uma espécie de alegria, de brilho. Como se sair dali despertasse a necessidade de compartilhar os segredos que decerto todos tinham por esconder, bem fundo, dentro de si. Tanto que até Dimas já se sentia confortável para compartilhar pedaços de sua vida.

— O que eu posso te dizer sobre mim? Bem eu sempre gostei de números e cálculos. Cheguei a fazer faculdade de matemática e dei aulas durante um tempo em um colégio de Vitória no Espírito Santo. Vivi até os trinta anos com meus pais e depois de muita briga me mudei para Brasília, onde moro até hoje.

— Mas você não é político é? Pergunto porque se gosta de números e contas, deve gostar de dinheiro e isso é um prato cheio para o caminho da capital do país.

Santoro estava mais alegre aquela altura e já voltava a fazer piadas.

— Não. De maneira nenhuma. Quero distância da politicagem. Eu era contador até uns dias atrás, mas fui demitido.

— Caramba! Então está desempregado?

— Sim, mas não quero pensar nisso. Estou aqui neste retiro em uma missão especial e só vou correr atrás de serviço quando me organizar.

— Como assim missão especial? Agora que começou conta tudo.

Santoro era o único ouvinte, mas demonstrava estar bem curioso com a narrativa.

— Eu perdi meu pai faz uns anos e recentemente, coisa de um ano atrás, Deus levou minha querida mãezinha.

Os dois fizeram o sinal da cruz e Santoro se compadeceu em pêsames.

— É doloroso falar da perda dela, mas acho que era isso o que ela desejava. Que eu me reencontrasse e que a deixasse seguir em paz para o plano superior, como ela tanto falava.

Como mágica, logo após a menção da morte da mãe de Dimas, Dona Carmem aproximou-se. A mulher baixinha parecia estar sempre ouvindo o que rolava nas conversas e sabia com precisão o momento de instigar.

— Dimas. Já que você se ofereceu em retribuir com um pouco da sua história, porque não nos conta um pouco sobre sua relação com seu pai.

— Eu não quero falar daquele homem. Eu vim aqui falar da minha mãe. Foi ela quem me pediu para vir. Foi através do desejo dela que eu me permiti uma nova chance de ser feliz.

A mulher o encarou com o rosto frio, o olhar ameaçador e imóvel, como uma cobra naja, pronta a dar o bote.

Dimas sentiu-se pressionado e mesmo o amigo que parecia compartilhar de sua insatisfação sobre o tal assunto, retorcia os músculos do rosto. Ávido para saber o que tanto intrigava naquela relação de pai e filho.

— Eu... Ele... Nós brigávamos muito.

Dimas conseguiu dar o primeiro passo para falar, mas as palavras eram sinuosas, secas e pesadas. Ele parecia ter vergonha ou constrangimento sobre o que tinha para contar.

— Continue meu amigo. Força. Você consegue. — Disse Santoro para motivá-lo.

— Desde que eu tinha dezoito anos meu pai não gostava do meu comportamento em casa. Ele achava que minha mãe era muito apegada a mim. Que ela me mimava e que por isso eu nunca seria um homem que caminharia com as próprias pernas.

Ele se levantou e cruzou os braços antes de pegar fôlego para continuar o relato.

— Meu pai morreu em um dia de verão e nós estávamos sem nos falar por mais de quatro. Eu nunca o perdoei.

Dimas parecia murchar à medida que colocava para fora seus sentimentos sobre a relação.

— Ele era um ditador, uma canalha que só via o mundo com seus olhos preconceituosos. Se eu pudesse voltar no tempo eu diria para ele tudo que ficou engasgado. Tudo que ele me fez pensar. Colocaria nele a culpa pelas minhas tentativas de suicídio. Deixaria claro que é dele a responsabilidade dos meus relacionamentos serem a desgraça que são. Se eu pudesse voltar no tempo...

Algumas lágrimas escaparam enquanto a voz estremeceu e Dona Carmem mais uma vez fez seu papel, abraçando-o e dizendo que ele tinha feito bem em se soltar daquela energia negativa.

Santoro fez o mesmo e em um abraço coletivo, outras pessoas se reuniram em volta dele, tocando seu ombro em apoio. Ao redor de Dimas vários pares de braços pareciam emanar um conforto para sua alma e por mais estranho que a cena fosse, ele sentiu o poder do bem. A energia daquelas pessoas em solidariedade podia ser sentida de longe.

— Obrigado. Acho que eu estou melhor, mas preciso continuar com a história.

Dona Carmem fez um sinal de silêncio e o impediu.

— Você já fez sua parte por hoje, eu sei que tem mais para dizer, mas vamos dar a chance para outras pessoas aliviarem seus pesos também. Você precisa refletir um pouco mais e quem sabe amanhã ou logo a noite, possamos fazer uma terapia de posicionamento para você.

Dimas teve a intenção de perguntar o que era o tal tratamento, mas uma mulher começou outro relato, dizendo ter perdido o filho que tanto amava para uma doença rara e que por isso tinha se separado do marido. A medida que ela se libertava da maldição da tristeza, os pensamentos de Dimas desenhavam o rosto de Dominic chorando no apartamento em várias de suas brigas nos últimos meses.

Tentou se livrar da imagem, mas era tarde. As nuvens carregadas de dúvida sobre seu relacionamento sobrevoavam sua cabeça outra vez.

Ele queria acreditar que seu amor jamais o trairia com outro homem. Lembrou de quando se conheceram e o quanto Nic foi fundamental nos primeiros meses morando em Brasília. Nenhuma pessoa é obrigada a carregar a outra quando esta, deseja ir morro abaixo. Nenhuma pessoa tem o compromisso de enfrentar o vale das sombras segurando a mão de quem deseja a morte. E ainda assim, foi exatamente isso o que Dominic fez.

Para cada momento terrível que Dimas trazia de volta a sua memória, Nic firmava sua presença ao lado dele com seu temperamento explosivo, mas sem jamais se deixar abater.

Estava claro que os dias naquele retiro seriam um desafio interno e que sua mãe sabia bem o que queria quando deixou o bilhete com o endereço e o nome de sua amiga Carmem.

Na manhã do terceiro dia quando Santoro chegou ao refeitório levou um susto ao ver seu parceiro com o prato feito e uma xícara de café que ainda deixava a fumaça farta em aroma ser recolhida pela brisa quente da manhã de sol.

— Eu não acredito que você acordou cedo.

— Nem eu. — Disse Dona Carmem passando por eles com um pedaço de bolo de chocolate nas mãos.

— Então, me conte o que aconteceu para você conseguir chegar aqui antes de mim. Teve pesadelos, deu formiga na cama, ou o quê?

Dimas colocou seu melhor sorriso para exibir sua soberba.

— Eu dormi igual uma pedra e quando despertei vim para cá. Para falar a verdade acho que esta rotina de não fazer nada o dia todo está repondo meu sono perdido.

— Entendo, mas eu perguntei se teve pesadelos porque você me acordou umas duas vezes resmungando umas palavras durante a noite.

Parecia que conversava com alguém e cheguei a fica meio assustado.

— Eu falei durante a noite? Me desculpe. Isso não é comum, ao menos não que eu saiba.

Santoro, fez cara de quem não acreditou na desculpa do colega, mas preferiu se dedicar a servir-se com os quitutes.

— O que eu falei? Deu para entender alguma coisa?

— Por um momento achei que estivesse chorando. Afinal, depois dos relatos de ontem, não seria de estranhar, mas aí percebi que não. Que eram só sussurros mesmo. Por algumas vezes você parecia chamar alguém e juraria ter ouvido o nome Estela.

— Esse era o nome da minha mãe.

Santoro percebeu que o assunto era delicado e precisou pigarrear para não mostrar o quanto inusitado era a situação.

— Ah! Deixa disso meu caro. Na certa foi por conta da emoção de ontem.

Os dois já estavam satisfeitos de tanto que comeram quando Dona Carmem anunciou que a sessão de reconhecimento teria início na sala de eventos do retiro.

Santoro parecia conhecer a tal sessão e fez uma cara de poucos amigos quando foi chamado pelo nome, por um dos auxiliares do local.

Dimas entrou na sala que cheirava a incenso de mirra e tinha uma melodia tranquilizante como música ambiente. Em uma imensa parede ele viu fotos de milhares de pessoas. Dezenas de centenas de imagens de pessoas que ele nunca tinha visto antes. Completos desconhecidos que apresentavam sorrisos, choros, raivas, desejos, tristezas profundas, ansiedades complexas e até momentos de plenitude e paz.

Ele ficou intrigado e não se conteve.

— Quem são estas pessoas nas fotos?

— São todas as pessoas que já passaram por aqui. — Respondeu Rosana. A senhora que na tarde anterior tinha elogiado o comportamento de Dimas.

No mural, todas as fotos mostravam indivíduos sozinhos, como se alguém estivesse sempre atento com uma câmera na mão, andando pelo lugar e colhendo o ângulo certo para representar o sentimento das pessoas que estavam ali para se tratar. A câmera e o fotógrafo eram precisos ao capturar bem mais que as imagens.

Não demorou e um pensamento ocorreu em sua mente. Dimas então, começou com a ponta dos dedos a correr todas as imagens até parar bem na parte do meio do mural.

— Uma mulher de fibra. — Disse Dona Carmem.

— Eu posso ter esta foto para mim?

— Esta imagem foi doada por minha amiga Estela para demonstrar a outras pessoas que a felicidade está onde nosso coração é feliz.

Ele olhou a dona do retiro com os olhos brilhantes, mas entendeu o que ela quis dizer. Dimas ainda ficou uns minutos memorizando cada curva do rosto da mulher que parecia ter ouvido uma piada, segundos antes do retrato ser feito. A imagem conseguia expressar sua alegria iluminada. Era tão inspiradora que foi capaz de fazê-lo ver pela primeira vez que sua mãe tinha sido uma pessoa plena e feliz. Nem mesmo as pontadas no peito provocadas pela saudade o impediam de acreditar.

Ao seu lado Santoro alisava com as costas dos dedos, três imagens que se completavam. Cada uma das delas mostrava uma pessoa diferente. Um menino de não mais de dez anos de idade. Uma menina com aproximados quinze anos e uma mulher de cabelos castanhos curtos, de rosto arredondado e olhos que pareciam conhecer a fundo o homem tristonho que lhe acariciava o retrato.

— Sua família, eu presumo? — Perguntou Dimas.

Santoro respirou fundo e virou-se com vigor. Todos ficaram a espera que fosse dizer alguma coisa, mas sua energia murchou e com passos rápidos, saiu sem se despedir de ninguém.

Dimas pensou em ir atrás do amigo, mas foi impedido por Carmem que explicou a necessidade que todos temos, cada um tem seu tempo, de aceitar os infortúnios da vida.

— Você por exemplo está de parabéns. Estamos no terceiro dia e você sem demora parece ser outra pessoa. Tem o olhar mais firme, a cabeça mais elevada, os ombros mais relaxados e uma alma mais leve.

— A senhora tem razão. Desde ontem quando coloquei para fora o que sentia sobre meu pai, de alguma maneira, me sinto melhor.

— Ainda faltam alguns degraus meu filho, mas você chega lá. Quem sabe no seu último dia ou mesmo em uma próxima visita. — Dona Carmem o acariciou no braço e seguiu seu processo de auxílio junto aos outros retirantes.

Dimas quis dar uma outra olhada na foto de sua mãe e por curiosidade passou os olhos sobre outras imagens. Gravou alguns detalhes sobre as fotografias da família do amigo para poder mais tarde, tentar ajudá-lo a encarar o assunto em uma conversa aberta.

Ele se perdeu entre tantos rostos e expressões até que suas sobrancelhas curvaram quase se tocando no meio do rosto. No canto da esquerda, um pouco escondida, a foto de uma moça de cabelos ondulados e nariz fino saltou aos seus olhos.

— Lisandra! — Ele murmurou para si mesmo.

Rosana aproximou-se outra vez e o deixou ainda mais cabreiro.

— Até agora, são duas mil, duzentas e vinte e duas fotos. Incrível não é mesmo?

Dimas evitou olhar diretamente para a mulher porque ficou confuso ao notar outra vez a repetição dos números.

— Posso fazer uma pergunta estúpida para a senhora?

— Não existem perguntas estúpidas, apenas respostas estúpidas. Pergunte o que quiser.

Rosana não parecia uma pessoa inteirada nos assuntos do retiro, mas ao menos naquele dia demonstrava boa vontade.

— Você já passou por alguma situação onde, vez por outra do seu dia, repara na repetição de certos números? Como o que você disse agora a pouco?

— Sendo muito sincera eu nem tinha reparado nisso. Eu não faço ideia do que está dizendo, mas quem sabe Dona Carmem possa ajudar. Ela sabe tudo destas coisas. Dizem até que ela fez um curso com um padre de Portugal sobre como exorcizar as pessoas.

O rapaz não entendeu bem qual a relação entre a pergunta e a resposta dela, mas agradeceu baixinho.

— Significa que você está sendo chamado. — Exclamou um senhor que mesmo de longe parecia ter ouvido a conversa.

Ele aproximou-se com as mãos para trás e mantendo uma postura similar a de um mordomo, explicou a quem quisesse ouvir que quando esta repetição de algarismos ocorre durante nosso dia, ou melhor, quando percebemos isso, um convite está sendo feito para a pessoa. Que alguém por intermédio divino está tentando se comunicar ou chamar a atenção para alguma coisa na vida da pessoa que vê os números repetidos.

— É uma espécie de sinal. Um alerta que surge toda vez que você está fugindo do seu caminho. Alguns chamam de fenômeno da sincronização, porque serve para nos alinhar com nossas missões aqui nesta vida.

— Eu tenho visto estes números repetidos em vários lugares. No telefone, nos relógios, na televisão e até no ônibus que me trouxe aqui.

— Isso é o mesmo que ouvir vozes. Sabe? Quando você está sozinho e pode jurar que alguém falou o seu nome? Coisas deste tipo.

— Mas... se isso é um sinal, um alerta, como faço para interpretar? O senhor sabe como identifico estas mensagens?

O homem que andava de um jeito peculiar, meio inclinado para trás e mantendo o nariz para o alto, respondeu que a melhor maneira de saber era meditar ou estudar.

— Com a curiosidade que eu tenho vai ser difícil meditar sobre estes números. Preciso da resposta agora.

— Procure lembrar no que você pensava quando viu a repetição? Quais as ideias ou imagens na sua mente, logo após ter percebido a repetição? Quais os eventos que seguiram? Na maioria dos casos isso ajuda a pessoa a interpretar o que os espíritos superiores querem dizer com estas mensagens codificadas.

— Espíritos superiores? Como assim?

— Meu caro, você é novo e tem muito que aprender ainda. Tente voltar mais vezes ao retiro e quem sabe com o tempo você descubra.

O senhor que em momento algum se apresentou deixou Dimas com interrogações suficientes para uma tarde inteira de reflexão.

Depois do almoço foi para o quarto, mas não encontrou com seu amigo por lá. Santoro tinha a habilidade de desaparecer toda vez que ficava triste.

Na cama ele ficou remoendo a ideia sobre os números repetidos, tentando relacionar os fatos.

Primeiro lembrou da banca de flores e de quando reencontrou com Lis. Depois de Dona Oliva gritando seu nome, antes de demiti-lo. E uma série de situações lhe ocorreram sempre trazendo a imagem de Lisandra e de sua mãe a cabeça. Aquela altura ele estava convicto de que se a repetição dos números fosse mesmo um sinal, as duas estariam de alguma maneira relacionadas.

Talvez sua tristeza, sua saudade fosse tamanha que permitisse uma aproximação com o mundo espiritual e os números fossem uma maneira de comunicação.

Lisandra era a figura em seu subconsciente que latejava sem parar. Ele perguntava-se, no fundo de seu coração, se de certa forma aquilo seria sua mãe lhe apontando o caminho até Lisandra. Ela era tudo que seu pai sempre quis em uma nora. Pelo que lembrava, vinha de uma família tradicional da capital do Espírito Santo. Apesar de nunca os ter conhecido pessoalmente, sabia que seu pai era militar e sua mãe empresária do setor agrícola.

— Será que a minha briga com Dominic é outro sinal rumo aos braços de Lisandra? — Dimas questionava-se em silêncio olhando os detalhes da parede de seu quarto.

Pensou em Dominic e em toda alegria que compartilharam nos últimos cinco anos juntos. Seria no mínimo injusto largar tudo por Lis, mas ao mesmo tempo não poderia existir momento mais adequado, mais prático para encerrar uma vida de angústias.

Sua imaginação trouxe de volta a suspeita sobre a traição de Nic e suas desculpas para estar fora de casa sempre que possível.

Dimas nunca entendeu o motivo de Dominic não querer ter filhos. Certa vez chegou a sugerir que adotassem uma criança, mas seu discurso foi cortado de forma tão radical que nenhum dos dois ousou reavivar o assunto.

A confusão em sua mente, a comida pesada do almoço, a sensação de dúvida e ao mesmo tempo a preocupação, criaram um efeito letárgico e sem perceber, em plena tarde de quarta-feira, Dimas embarcou em um sono profundo.

— Acorde rapaz. Levante que tem um café recém passado, quentinho esperando por nós. Além disso Dona Carmem quer falar com você.

Montenegro tinha a cara amassada pelo travesseiro e com preguiça conseguiu descolar da cama.

— Nossa! Acho que não durmo à tarde desde que era garoto. Como é gostoso uma soneca destas.

Santoro concordou e saiu na frente dizendo para o amigo não demorar.

Meia hora depois Dimas se reuniu com Dona Carmem que paciente aguardava no salão das fotografias.

— Meu filho, você já tomou o café da tarde?

— Não, mas vou até lá assim que terminarmos aqui. Me disseram que queria me ver.

— Sim. Estamos no final do terceiro dia e como prêmio por sua conduta aqui nestes dias quero lhe entregar isso.

A senhorinha estendeu para ele uma caixa de papelão com uma fita amarela que formava um laço.

— Não é meu aniversário e eu nem mesmo paguei pela hospedagem ainda, então a que devo este mimo?

— Abra.

Ele removeu a fita com cuidado e moveu a tampa com a ponta dos dedos evitando rasgar ou amassar o embrulho. Quando percebeu o conteúdo, sentou-se e levou a mão a testa.

— Como a senhora conseguiu esta foto?

— Estela me deu quando esteve aqui na sua primeira vez, em mil novecentos e oitenta e dois. Faz muito tempo e ela estava ainda mais vibrante naquela época.

Dimas observava o porta retratos feito em madeira de bambu e vidro que ostentava a fotografia de sua mãe com ele no colo.

— Eu tinha uns cinco ou seis anos. Uau! Muito obrigado. Não sei nem o que dizer.

— Desculpe não poder te dar a foto do mural, mas aquelas são uma representação do nosso retiro e de todo trabalho que fazemos aqui.

Os dois abraçaram-se em gratidão e o rapaz pediu permissão para fazer uma pergunta pessoal.

— Dona Carmem, eu ouvi dizer que a senhora é uma profunda conhecedora das doutrinas do espiritismo e que já fez até um curso para espantar o demônio das pessoas.

Ela soltou uma gargalhada estrondosa antes de questionar.

— Eu o que? Oh! Meu Deus do céu. Quem te disse isso meu filho. Que loucura é essa?

— Desculpe, mas eu estava intrigado com uma questão e esta informação chegou até meus ouvidos, mas não me leve a mal. Eu acho que a senhora tem mesmo um poder mágico que melhora a energia das pessoas que vem aqui em busca de tratamento.

A senhorinha o encarou com um ar leve, feliz por ouvir aquelas palavras.

— Meu filho, suas palavras são um encorajamento. Obrigada. Agora vamos separar duas coisas antes que gere qualquer confusão.

A senhora ainda tinha um sorriso no rosto antes de começar a explicação:

— Eu estudo o espiritismo desde que estava no ventre de minha mãe e é certo que bem antes eu já buscava uma evolução através deste caminho. Isso não posso negar. Agora sobre essa coisa de retirar o demônio, tenha dó né!

Dimas deixou escapar um sorriso maroto, mas continuou atento ao esclarecimento.

— Eu até conheci uma pessoa nos meus tempos de trabalho em Portugal que tinha o dom para criar uma Porta do Sol, mas isso é uma outra história.

Dimas não parecia acreditar muito na explicação, mas ela reforçou:

— Para certas coisas você precisa ter o dom e o meu é apenas orientar as pessoas que me procuram aqui no retiro para que elas mesmas encontrem seus caminhos. Meu trabalho é auxiliar no processo de reconhecimento das suas pendências espirituais que podem de certa maneira atrapalhar a sua evolução nesta vida. Este é o meu trabalho e nada além disso.

— Profunda esta sua explicação, mas o que eu queria mesmo perguntar era sobre a repetição dos números. Eu tenho visto uma sequência de números repetidos em vários momentos e lugares.

Você saberia me dizer o que isso significa ou como posso interpretá-los?

— Ora, meu filho. É muito complicado o caminho que nos leva a tentar decifrar mensagens. Façamos assim. Logo mais, depois do jantar teremos reunião para uma terapia de reposicionamento, também conhecida por constelação sistêmica. Depois que você assistir voltamos a tratar desta sua questão sobre os números que se repetem. Por agora posso dizer que sua mãe recebia o mesmo tipo de mensagem.

— Jura? Por favor não brinque com isso, porque acho que se trata dela querendo me mostrar o caminho que devo seguir.

— Dimas. É muito difícil entender o que estes números e mensagens do plano superior representam, mas se eu fosse te dar um conselho, diria para concentrar-se na vida que tem diante de si. Nos sinais de Deus que surgem todo instante a sua frente para indicar o caminho do bem, da alegria e de uma vida plena, livre de culpas e de arrependimentos.

Ele sentiu o choro atravessar sua garganta sem saber ao certo de onde vinha a comoção, mas se fez de forte e seguiu com sua pergunta.

— A senhora acredita que estas mensagens sejam dela?

— Meu filho, estas respostas não vêm em apostilas. Façamos como proposto e amanhã cedo, logo depois do café da manhã quando for receber sua autorização para sair, conversaremos mais a respeito. Que tal?

O rapaz não tinha muita escolha e concordou agradecendo outra vez pelo presente, mas antes de ir aproveitar o café da tarde, sua curiosidade arriscou uma última pergunta.

— A senhora falou que hoje teremos uma reunião de constelação, mas o que diachos é isso?

Dona Carmem riu da ingenuidade do homem a sua frente.

— Você descobrirá por si mesmo logo mais. Não se preocupe. É apenas um método terapêutico com abordagem sistêmica não empirista. Um método desenvolvido por um alemão chamado *Bert Hellinger.*

A explicação usando termos técnicos foi feita de propósito e funcionou, impedindo qualquer nova pergunta.

***

O Jantar daquela noite foi limitado a couve-flor gratinada e um copo de limonada. Para a sobremesa apenas uma fatia magra de goiabada com queijo branco. Dimas não recusou, mas sabia que vinha de sua barriga o trovão que se fazia ouvir antes da reunião começar.

A sala das fotografias estava diferente. Com quatro fileiras de cadeiras duras. Seis em cada fila, uma ao lado da outra, quase todas ocupadas. Apesar de no jantar terem comparecido apenas uma meia dúzia de gatos pingados, rapidamente a sala ficou cheia.

Na frente, uma moça jovem de cabelos encaracolados e olhos que expressavam uma personalidade vívida, ávida por compartilhar suas experiências com a plateia pedia que todos se acomodassem.

Sentados atrás dela, Dona Carmem e um senhor que mesmo na cadeira parecia bem mais alto que as duas.

— Boa noite pessoal. É um privilégio estar aqui outra vez. A pedido de Dona Carmem, teremos hoje e amanhã uma reunião onde facilitaremos uma constelação familiar.

A audiência parecia conhecer a mulher de vestido hippie e brincos coloridos que vez por outra embolavam em seus cabelos.

— Aos que comparecem pela primeira vez, meu nome é Eloisa Herói. Aqui comigo, temos Dona Carmem que vai auxiliar e o meu amigo de profissão, o psicólogo Doutor José Roberto Marques que também nos dará suporte durante a terapia.

Dona Carmem levantou-se e estendeu uma pequena caixa transparente de onde o doutor José retirou um pedaço de papel e leu o nome João Mauro Santoro.

Todos olharam para o fundo da sala onde encostado no batente da porta, estava o amigo de Dimas.

— Desculpe, mas eu não estou aqui para participar. Sou apenas um observador — Resmungou Santoro já se preparando para desaparecer.

Eloisa colocou as mãos unidas bem próximo ao próprio corpo, na altura da cintura, como se segurasse algo invisível e caminhou até ele.

— Não insista, por favor doutora. Eu não quero ser rude.

A mulher parou na frente dele e o olhou com ternura antes de oferecer-lhe a mão.

— Você está entre amigos. Nenhum de nós está aqui para julgá-lo. Se não deseja de verdade, do fundo do seu coração, participar, eu pedirei que outro nome seja escolhido, mas antes olhe nos meus olhos e diga o que quer.

Mesmo a certa distância era visível que Santoro estava emocionado. Não demorou até que ele levasse as mãos aos olhos. Ele sacudia a cabeça em movimentos negativos evitando olhar para Eloisa.

— Mauro? Devo chamar outro nome? — Ela insistiu.

Ele esfregou o rosto vermelho. Encarou as pessoas que torciam em silêncio por uma resposta e sacudiu a cabeça em negativo.

— Mauro, ninguém aqui vai obrigá-lo a nada, mas se o seu nome foi o selecionado é porque você mesmo o colocou na caixa. Isso me diz que lá no fundo você deseja compartilhar conosco um pouco desta questão que lhe incomoda, certo?

A doutora Eloisa era boa nas palavras. Ela tinha um tom de voz que conduzia uma agradável sensação de paz em suas frases, mesmo sendo muito firme no que dizia.

— Tudo bem doutora. Acho que está na hora. — Disse Santoro aceitando a mão de Eloisa e permitindo que ela o conduzisse para a frente da sala, sob os olhares curiosos.

Dona Carmem deu um abraço materno no homem que ainda tentava conter a emoção. Ela repousou as mãos no rosto dele e fez um sinal de confiança, sorrindo com os olhos.

Doutor José serviu um copo de água para Santoro e quando todos estavam mais calmos e em seus lugares, Eloisa pediu que silenciassem para então começar.

— O que o traz aqui sr. Mauro Santoro? Qual a questão que deseja compartilhar?

Demorou, mas as palavras começaram a se libertar na voz embargada de Santoro e pouco a pouco ele contou sobre o dia em que saiu com a família para celebrar a falência de seu último concorrente no mercado de vinhos.

Fazia anos que ele trabalhava dia e noite para ser o único a vender em larga escala de norte a sul do Brasil e justo no dia que recebeu a notícia tão esperada de que reinaria absoluto, um cavalo atravessou-lhe a frente do carro.

Empolgado com a conquista, ele dirigia a mais de cento e quarenta quilômetros por hora e não teve tempo para reagir.

O impacto foi tão violento que conseguiu partir a fivela de seu cinto de segurança e durante uma das várias vezes que o veículo girou no ar, ele foi arremessado para fora. Sua filha Clara, seu filho Júnior e sua esposa Clarice não tiveram a mesma sorte e morreram devido aos ferimentos provocados pelo acidente.

Todos estavam visivelmente sensibilizados com o relato. Aquela era a primeira vez que ele se abria para o grupo. Dimas tinha uma das mãos segurando a boca e o olhar fixo no amigo que se esforçava para deixar a história esvaziar o próprio peito.

— Doutora Eloisa, eu gostaria de saber porque fui poupado, quando na verdade fui o agente causador de tanta desgraça. Eu entendo que Deus tenha me castigado. Que o sofrimento de certa forma foi merecido devido a minha vida mundana e ausente. Eu aceito a minha sentença de caminhar sozinho enquanto eu viver, mas não consigo entender como pode a vida ser tão injusta para aqueles que eram inocentes.

Depois de colocar a questão ele precisou sentar por uns minutos para se recompor e Eloisa assumiu.

— Mauro eu sei que você está revivendo a perda na sua cabeça e gostaria que você me ajudasse deixando um pouco de sua dor de lado. Tente concentrar-se no amor que envolve a sua família. E veja que uso os verbos no presente mesmo, porque o amor verdadeiro nunca morre. Ele apenas evolui e nós precisamos evoluir com o amor.

Dona Carmem ajudou o homem a erguer-se.

— Mauro, depois do acidente você teve tempo de se despedir deles?

O homem cabisbaixo complementou a história dizendo que esteve em coma por quase dois meses e que quando acordou, apenas uns parentes distantes estavam com ele no hospital. Foi assim que ele descobriu o que tinha ocorrido. Contou ainda que o choque foi tão grande que ele nunca visitou os túmulos de sua esposa e filhos. Na única tentativa que fez, acabou desmaiando as portas do cemitério e precisou ser medicado.

Eloisa então reassumiu antes que ele voltasse a chorar compulsivamente.

— Existe aqui conosco uma consciência coletiva e através da estrutura familiar nós podemos recompor uma união que está ou melhor, que foi, abalada. Pais e filhos tem um vinculo principal, mas nós podemos ampliar esta estrutura através dos nossos irmãos e por aqueles que nos antecederam, criando assim o que chamamos de rede de conexões familiares. Uma grande estrutura familiar que precisa estar alinhada. E nós vamos através desta consciência coletiva, desta consciência familiar, evoluindo. Assim, para que possamos tomar consciência é preciso que você, Santoro, de maneira bem intuitiva convide da audiência pessoas que possam representar a sua família. Um para o seu filho, uma para a sua filha, uma para a sua esposa e finalmente uma pessoa para representar você mesmo. Por favor, se puder ir até lá e convidar as pessoas poderemos então fazer a análise.

Santoro encheu o peito e escolheu rápido quem representaria sua família, mas ficou em dúvida sobre quem representaria ele mesmo. Seus olhos passaram por Dimas umas duas vezes, mas no final ele escolheu um desconhecido que sentava na segunda fileira.

Eloisa pediu então que ele posicionasse as pessoas da maneira que quisesse, uma em relação as outras. Santoro colocou a mulher que representava a esposa no canto direito e ao lado dela as pessoas que representavam cada um dos filhos, todos próximos o suficiente para que seus braços encostassem uns aos outros. Bem mais distante ele posicionou o rapaz que o representava.

A doutora caminhou entre eles e pediu que o constelado observasse atentamente como estavam, explicando que aquela era a maneira como Santoro se sentia em relação a perda dos familiares. O distanciamento, o arrependimento e a culpa eram claros.

— Agora eu gostaria que os convidados se posicionem, a si mesmos, uns em relação aos outros.

O homem que atuava como Santoro estranhamente começou a curvar-se para baixo, como se um peso forçasse sua cabeça rumo ao piso. Curvado e de braços cruzados e ficou de costas para as pessoas. Voltou-se para uma das únicas paredes vazias do local e ficou imóvel.

As pessoas que representavam os filhos foram conduzidas pela moça que interpretava a mãe até quase tocar as costas do falso Santoro e permaneceram lá, como uma proteção entre a plateia e ele.

— Eu peço ao doutor José que me auxilie. A opinião dele é relevante neste caso, pois ele trabalha a mais de vinte anos com psicologia familiar.

O doutor se aproximou do verdadeiro Santoro e questionou:

— O que você vê ali. Diga para a gente.

— Eu vejo que minha família queria estar comigo.

— Queria não. Quer. — Afirmou o doutor que media mais de dois metros de altura.

— Eu vejo que eu não permitia uma abertura maior para que o amor deles chegasse até mim. Eu consigo ver isso nesta cena, através do novo posicionamento que eles fizeram. Mantê-los longe nunca foi uma opção consciente.

O doutor pediu então que ele se aproximasse das pessoas que representavam sua família e olhando para elas repetisse em voz alta que ele se permitiria amar. Pediu que Santoro repetisse suas palavras dizendo que aceitava o amor que sua esposa lhe oferecia. Que aceitava a responsabilidade de pai para com seu filho e com sua filha. Que aceitava seu papel de marido na estrutura daquela família.

A plateia estava muda e concentrada no que parecia uma encenação teatral psicológica sobre o drama pessoal de Santoro.

O doutor José retomou:

— Agora quero que você olhe para eles e diga o quanto os ama. O quanto desejou estar mais tempo com eles, mas que a vida tem seu próprio tempo para cada um de nós. Diga que é hora de se despedir deles até que chegue o dia em que vocês voltarão a se reunir.

O doutor tinha sua voz adocicada e o som melódico de seu sotaque mineiro mantinha a atenção de todos enquanto o paciente repetia palavra por palavra do que ele indicava.

O constelado seguiu com precisão o roteiro estabelecido pelo doutor e ao final as pessoas o abraçaram entre lágrimas, mesmo sem ninguém sugerir que deveriam agir daquela maneira.

Dimas observava de fora da fileira, com o pescoço esticado e focalizado no semblante do amigo. Ele constatava a diferença entre o Santoro que foi convidado a falar sobre seu trágico episódio e o que agora abraçava um grupo de quatro pessoas desconhecidas como se fossem de fato sua família.

A doutora Eloisa agradeceu a todos os participantes e pediu que cada um contasse um pouco do que sentiu durante a terapia do reposicionamento. Um a um os relatos vieram e impressionaram ao citar emoções que na vida real familiar expressam a relação entre pais e filhos, entre marido e esposa. A intensidade como cada um narrava sua experiência sob a interpretação dos integrantes da família de Santoro era sentida na plateia.

Eloisa explicou um pouco sobre como a consciência coletiva auxilia neste processo de auto reconhecimento e na cognição das questões experimentadas pelo constelado. Pouco antes de finalizar ela desejou que todos fossem em paz para seus quartos e que estaria disponível no dia seguinte para outras orientações aos que assim desejassem.

As pessoas se cumprimentaram e começaram a dispersar enquanto Dimas chegou até o amigo e pode comprovar que ele tinha um tom mais altivo, menos tenso em suas linhas de expressão. Mesmo seus movimentos durante o caminho até o quarto, estavam diferentes, mais soltos e leves.

— Hoje a experiência já deu para o que basta, mas amanhã falaremos bastante sobre isso, meu amigo. Durma bem e saiba que sua família te ama e estará sempre contigo.

— Obrigado Dimas. Suas palavras são gentis e verdadeiras. Se eu não estivesse me sentindo exausto eu até estenderia a prosa, mas concordo contigo e falamos amanhã.

Dimas permitiu que ele dormisse, mas não sem ficar algumas horas de plantão na cama ao lado pensando em tudo que viu naquela noite. O pensamento de que talvez fosse sua vez de confessar seus erros diante da próxima plateia o assombrou e ele sentiu uma profunda tristeza por seu amigo. Ter a família inteira arrancada de seus braços da maneira mais estúpida que a vida pode conceber é algo que nem a mais forte das almas seria capaz de aguentar sem ajuda.

Chegou a pensar em como era uma pessoa abençoada, ao levar em conta que teve bons anos com sua mãe antes dela falecer. Cogitou até uma lembrança de seu pai na época em que eram unidos como unha e carne, mas logo seu coração foi tomado pelo rancor e seus olhos pelo peso da noite.

***

CAPÍTULO 04
ILUSÕES E DESCOBERTAS

O café foi servido e as pessoas terminavam suas preces, cada uma a sua maneira, antes de iniciar a degustação das iguarias mineiras, quando um grito atingiu o refeitório. Dona Carmem fechou de imediato o sorriso que exibia para o rocambole de doce de leite.

Outro grito, desta vez mais apavorado e consistente denunciava que alguém precisava de ajuda em um dos quartos.

Doutor José disparou ainda com o copo de café pela, seguido de Santoro.

No corredor mais um berro. Desta vez bem próximo.

— Calma meu filho. Está tudo bem. Calma. — Dimas deu um salto quando sentiu que alguém estava sentado à beira da cama.

Ele não distinguia o que ainda era sonho e o que era realidade. Piscou várias vezes e sacudiu a cabeça procurando alguma referência em seu cérebro sobre o rosto a sua frente.

— Foi só um sonho ruim meu filho.

Ainda respirando pesado ele finalmente reconheceu Dona Carmem. Logo atrás dela Santoro e o doutor José observavam com as feições preocupadas.

— Porque vocês estão aqui no quarto? O que aconteceu com Dominic?

— Dimas, você estava tendo um sonho agitado. — Estávamos todos prontos para iniciar o café da manhã quando ouvimos os primeiros gritos e corremos para cá.

— Gritos? Que gritos?

— Você gritou qualquer coisa meu filho. Parecia que estava em agonia. Sabe quando estamos sonhando e dentro do sonho caímos de uma grande altura? Então, o seu grito foi assim, uma mistura de pavor e desespero.

O doutor tinha um leve sorriso escondido, enquanto Santoro coçava o pescoço um tanto sem saber o que dizer.

— Que vergonha! Me sinto uma criança de dez anos de idade.

Dona Carmem tentou minimizar a cena:

— Se você estiver bem, agora que acordou, voltaremos para o nosso bolo de fubá com café antes que esfrie.

— Sim, por favor e me desculpem.

Antes de sair o companheiro de quarto ainda o cumprimentou perguntando se estava mesmo tudo bem, mas Dimas estava encabulado com a situação e apenas fez um sinal de positivo.

Quando todos saíram ele se esforçou para lembrar com o que tinha sonhado, mas nada lhe veio à mente. Ele sentia o sangue correndo rápido e uma tensão muscular por todo o corpo, mas a última coisa de que se lembrava era da noite passada, pouco antes de cair no sono.

Preferiu evitar o refeitório e foi direto falar com Dona Carmem sobre os tais números repetidos, mas ela desconversou e outra vez o enrolou com argumentos vagos. A líder do retiro Ipê Amarelo sabia o quanto os eventos dos últimos dias tinham mexido com ele.

— Meu filho. Hoje você começa a sua segunda fase do tratamento de cinco dias. Este estágio eu chamo de elevação.

O homem olhou com cara feia, certo de que ela estava protelando as respostas que ele procurava.

— Dimas, hoje eu quero que você saia um pouco do retiro. Vá dar um passeio no centro da cidade. Compre alguma lembrancinha para dar a um ente querido quando retornar para sua casa. Coma alguma comida diferente e se possível encontre um cantinho sossegado. Só para você, onde possa por umas horas meditar sem interrupções sobre o seu caminho. Sobre seus conflitos mais profundos.

— A senhora não vai mesmo me falar sobre a repetição dos números né?

— Sim, eu irei, mas agora o mais importante é você respirar um pouco de ar fresco. Aliás aqui está seu telefone celular, sua carteira e a sua mala. Você pode usar o trocador da recepção para mudar as roupas.

Ele agradeceu um tanto frustrado e quando já estava quase na saída lembrou do mundo que existia fora daquelas paredes de bambu.

— Alguém me ligou nestes dias em que estive privado da interferência externa? — Ele arriscou perguntar para um rapaz que estava na entrada do retiro fazendo um turno enquanto Dona Carmem cuidava de outras pessoas.

— O que consta aqui na sua ficha é que apenas um número ligou, mas não deixou recado.

— Posso ver o número? — Dimas perguntou curioso.

Quando ele viu que os últimos dígitos conferiam com o número de Dominic, teve certeza que seu amor estaria bem. Talvez ainda preocupado, mas na certa teria falado com alguém da recepção e constatado que Dimas estava inacessível.

Dimas sacou o celular que ao acender o visor, informou ter menos de dez por cento de bateria. Ele abriu a lista de contatos e quando ia clicar na foto de Dominic um impulso o impediu.

Na tela o relógio digital marcava 10:01 e o fez mudar de ideia, provavelmente pensando porque ligar para seu amor, se nem ao menos uma mensagem foi deixada durante tanto tempo ausente. Guardou o telefone no bolso da calça e quando cruzou o portão um assovio capturou sua atenção.

— Espere por mim. — Santoro corria desengonçado até o amigo.

— O que foi agora? Não me diga que estou sonhando outra vez?

Os dois riram ao lembrar da cena anterior.

— Quero te acompanhar até a cidade. Eu tenho que comprar umas coisinhas e se der podemos até almoçar juntos. O que acha?

Dimas aceitou de imediato e passou o braço sobre os ombros do amigo. De longe, quem olhasse pensaria que eram pai e filho indo para um passeio em pleno meio de semana.

Os dois visitaram todas as lojas do apertado centro comercial de Três Marias. Entre uma compra e outra Santoro abria o coração mais e mais, falando sobre como era sua vida com a família antes do acidente. Por vezes sua voz fraquejava, ele olhava para longe e era possível perceber a saudade nas rugas de seu rosto. Dimas fez seu papel de bom ouvinte, mas a cada frase que libertava o amigo, sua alma recuava para um canto escuro.

O carinho como Santoro enumerava as aventuras dos filhos quando foram a passeio pela Disney nos Estados Unidos da América fez com que Dimas sentisse uma ponta de inveja daquela linda relação pai e filhos.

Foi quando olhos de Santoro brilharam ao comentar sobre a beleza de sua esposa e de como eles se conheceram em um dia de muita chuva, que o inferno do relacionamento com Dominic ressuscitou sua mágoa.

Dimas murchou, palavra por palavra, seu sorriso que antes era limpo agora apenas acompanhava educado a narrativa do amigo.

— Venha. Vamos almoçar aqui. É barato e a comida está sempre fresca. — Convidou Santoro quase empurrando o amigo estabelecimento adentro.

A comida não era ruim, mas deixava a desejar para a qualidade dos produtos regionais oferecidos pelo retiro.

— Eu quero te agradecer. — Disse o homem calvo, pegando a conta, antes que Dimas tivesse a oportunidade de se quer ver o valor a pagar.

— De maneira nenhuma. — Dimas argumentou em vão.

— Obrigado pela força que me deu desde o primeiro dia que cruzou o meu caminho.

— Força? Eu não fiz nada Santoro. Eu só acho que você estava sozinho demais naquele quarto. Aliás convenhamos, não é nenhuma suíte de luxo.

— Pois é! Mas... De alguma maneira você me passou uma energia boa desde o início e como deve imaginar você não é o primeiro colega com quem dividi aquele espaço.

Só então que Dimas questionou:

— Como assim? Faz quanto tempo que você está em tratamento no Ipê Amarelo?

— Não parece, mas hoje faz dois anos.

Os dois ficaram calados e meio que assimilando a informação saíram do restaurante rumo a praça da cidade.

— Dois anos? Uau! Eu enlouqueceria.

Santoro riu e pegou no ombro do amigo de maneira firme, sacudindo um pouco o braço dele.

— Entende agora porque sou grato a ti? Foi só nos últimos dias, desde que chegou, que comecei a falar dos meus problemas. Só depois que você falou do problema com o seu pai naquela tarde, ainda que superficialmente, que fiquei inspirado a revolver o meu problema também. Você trouxe um efeito de reconhecimento sobre mim mesmo e por isso te agradeço.

Dimas engoliu seco para evitar a emoção e agradeceu com um abraço, ali mesmo, no meio da praça de Três Marias, quase as duas horas da tarde de um dia de sol.

— Venha comigo que quero te mostrar um lugar. — Santoro indicou a direção e os dois continuaram o papo pelas ruelas do centro.

Uns quatro quarteirões depois de passar por uma elevação, um verdadeiro cartão postal surgiu para eles. Do ponto onde estavam tinham a visão privilegiada do rio que cortava a cidade. Sobre ele uma ponte de ferro projetava seus arcos brancos onde no meio passavam os carros e nas laterais os pedestres. Um longo jardim ornamentava as margens do rio e criavam um espetáculo de cores sob o céu azul em contraste com a água que corria forte.

Quando Dimas colocou os olhos no rio um calafrio passou por suas costas e o deixou todo arrepiado. Ele olhou na direção contrária e a visão era exatamente igual a de seu sonho na noite anterior a sua saída de casa.

— Não pode ser! — Ele duvidou de si mesmo procurando por algo que o contrariasse.

As águas escuras do rio um pouco mais abaixo era as mesmas sobre a qual ele se viu flutuando sobre uns pedaços dos móveis da antiga casa de seus pais. O dia estava claro demais e nenhuma estrela era visível. Procurou ao redor por qualquer criança que por ventura surgisse para pegar em sua mão, mas ele e Santoro eram os únicos por lá.

— Esta é a Ponte Três Marias. Bonito não é mesmo?

— Santoro desculpe, mas acho que não estou me sentindo bem. Talvez o almoço tenha pesado no estômago e preciso me sentar um pouco.

Os dois utilizaram do meio-fio que separava a calçada do jardim que descia até a beira do rio. Sentados, Santoro achou estranho o efeito que a paisagem causou em Dimas e decidiu arriscar.

— O cenário de alguma maneira te fez lembrar de alguém ou de alguma situação incômoda?

— Mais ou menos. Desculpe, mas estes dias eu não tenho sido o mesmo.

— Dimas você não precisa se fazer de forte comigo. É notório que você atravessa uma fase crítica da sua vida. Eu não sou médico, mas arriscaria que você tem um quadro depressivo. Tenha fé que você vai superar isso. Se eu superei, tenho certeza que você consegue também.

— Depressão? Do que está falando? Eu não sou depressivo. — Dimas nunca admitiu, mesmo tendo identificado muito tempo atrás todos os sinais.

— Meu querido, não é porque uma pessoa não vive chorando, ou pelos cantos escuros da casa que ela está bem. Eu já conheci pessoas que viviam com um sorriso no rosto e ainda assim eram depressivas profundas. O retiro vai te ajudar.

Por alguns instantes apenas os passarinhos cantando ao longe quebraram o silêncio. Levado pelo momento Dimas recostou a cabeça sobre o ombro do amigo, ficando por alguns segundos com a boca quase que colada em seu pescoço.

— O que você está fazendo? — Santoro deu um pulo empurrando-o para longe e começou a esbravejar:

— Você está maluco ou o quê? Está me confundindo? Vai para a puta que te pariu, seu veado.

Dimas ficou sem reação e parecia ter levado um choque elétrico.

— Perdão. Eu não tive intenção de ofendê-lo. Acho que entendi errado os seus sinais.

Santoro olhou para ele com repúdio e cuspiu duas vezes no chão antes de sair enfurecido.

Dimas se incomodou com a partida do amigo, mas preferiu não confrontar a atitude preconceituosa e agressiva. Na certa precisaria encontrar uma solução para quando retornasse ou dormir no mesmo quarto se transformaria em um problema grave.

Ele tentou esquecer o episódio buscando na paisagem algum refúgio, mas ao notar os detalhes da ponte percebeu que bem na parte do meio existia uma pichação. O número seis repetido três vezes foi suficiente para que ele decidisse examinar melhor aquela história.

Levantou pronto para enfrentar o céu e o inferno por uma explicação sobre aquelas repetições e tinha seu alvo traçado em Dona Carmem que não escaparia quando chegasse no retiro. Ele lembrava de ter passado por um ponto de ônibus quando veio do restaurante e se desse sorte conseguiria chegar antes de Santoro espalhar qualquer boato maldoso. Caminhou cerca de cinco metros e sua determinação faleceu ao notar quem atravessava a rua vindo na sua direção.

— Meu Deus, eu não acredito que estamos nos esbarrando outra vez.

Lisandra não parecia surpresa, mas tentou não demonstrar.

— Dimas. Uau! Pensei que já estivesse longe de Três Marias. O que faz por aqui, tão longe do Ipê Amarelo?

— Olha eu sei que a cidade é do tamanho de uma caixa de sapatos, mas quais as chances de você me encontrar aqui?

Ela disfarçou fazendo uma careta e dando de ombros.

— Eu sempre fui boa de matemática, mas não sei quais as chances não. O que sei é que em dias como este, depois que saio do trabalho, gosto de deitar aqui no gramado próximo ao jardim e apreciar a vista. É o meu lugar favorito no mundo.

Dimas já nem lembrava do episódio com Santoro, nem de sua estratégia para forçar Dona Carmem a ajudá-lo com o caso dos números repetidos. Nem mesmo a macabra lembrança do sonho que teve com aquele exato local conseguiu impedi-lo de deitar no gramado ao lado de Lis e ficar conversando até o sol encerrar seu expediente.

***

Lisandra despediu-se no mesmo lugar da outra vez, em frente a rodoviária, alegando que o retiro ficava no caminho oposto ao dela. Dimas ainda pensou em oferecer-se para acompanhá-la, mas preferiu não correr o risco de ser mal interpretado duas vezes no mesmo dia.

— Você ainda está me devendo um café com bolo. — Disse ela antes de partir com um sorriso no rosto.

Quando ele atravessou o portão do retiro Ipê Amarelo, Dona Carmem o esperava como uma leoa a espera de uma gazela moribunda.

— Meu filho, que bom que chegou. Faz uma meia hora que ligaram a sua procura e pediram para entrar em contato urgente com sua casa.

"Finalmente alguém sentiu a minha falta." — Pensou ele em segredo sabendo de quem se tratava.

— Quem foi que ligou?

— Dominic. E disse que era muito urgente. O número está anotado aqui. — Dona Carmem lhe fez chegar um papel amassado com a anotação.

— Não se preocupe, eu ligo na sexta-feira ou no sábado quando estiver a caminho de Brasília.

— Dimas, a pessoa parecia mesmo necessitada para falar com você. Não quer ligar e ver se está tudo bem?

Ele fez sinal que não com um dos dedos erguidos para o alto e deixou a senhorinha abandonada na recepção, como parte de seu plano vingativo por ela não ter contado sobre o caso dos números repetidos.

Antes de entrar no quarto, Dimas se preparou para conversar com o companheiro. Ele sabia como desfazer o mal-entendido, afinal aquela não era a sua primeira saia justa. Girou a maçaneta e entrou de peito cheio, maxilar quadrado e impôs a cara mais viril que já tinha visto nos filmes de cinema, mas o quarto estava vazio. Sobre a cama dele as toalhas novas e um rolo de papel higiênico. No outro canto apenas a cama nua. Olhou no banheiro e nem sinal das coisas de Santoro. Estava claro o que tinha acontecido.

Sentou-se ainda incrédulo de que o mesmo amigo, de coração tão generoso, fosse também tão preconceituoso. Foi então que percebeu um bilhete preso sob a garrafa de água na mesinha de cabeceira.

"Quando te conheci pensei que você tivesse um problema, talvez até uma doença, mas hoje entendi que o problema é você."

A frase escrita em letras de forma surtiu um efeito avassalador em Dimas que ainda tentou reagir fazendo caras e bicos para o papel, como se assim atacasse o autor. Ele andou de um lado para o outro do quarto. Bateu a porta do banheiro, arrastou a cama com alguns chutes e só não arremessou a garrafa por medo de chamar atenção das outras pessoas.

Deitou-se em uma nuvem carregada de pensamentos destrutivos que traziam de volta a imagem de seu pai, a voz de dona Oliva, o rosto de Dominic e a perda de sua mãe.

— Talvez seja mesmo tudo culpa minha. — Ele murmurava sozinho.

— Quem sabe se eu não fosse assim, doente, ainda teria comigo minha mãe. Quem sabe meu pai não teria morrido amargurado. Quem sabe Dominic conseguisse ter um dia de paz e felicidade.

Dimas começava a entrar em uma espiral da qual poucos conseguiam retornar.

— Talvez seja esta a moral da história. Vir até aqui para descobrir que o problema sempre esteve em mim. Agora tudo faz sentido, porque se eu sou uma doença, a cura também está em mim.

Sombras de desespero tomaram seus olhos. Ele esvaziou os bolsos, trocou de camisa e como um gato cruzou o caminho até o portão de saída. Atravessou a rua deserta com o ar fresco que soprava algumas folhas soltas pelo chão.

Vagou pela cidade e a cada passo uma voz crescia em sua cabeça.

Quando deu por si estava recostado sobre o parapeito do cartão postal de Três Marias. Lá embaixo as águas escuras e agitadas não eram suficientes para arrastar a tristeza que o envolviam.

Primeiro apoiou as mãos sobre o metal frio. Depois deu um impulso apoiando-se com a ponta do pé, até conseguir ficar sobre o peitoril da Ponte. Fechou os olhos e pediu perdão. Falou baixinho para si mesmo, mas como se houvesse alguém a seu lado:

— Essa agonia acaba hoje.

Estava convicto a pular e eu deveria ter deixado. Afinal ele nunca me procurou depois daquela noite em Cabo Frio. Seria a vingança perfeita assistir seu fim, mas ao ver que ele inclinava o corpo para frente alguma coisa me fez mudar de ideia.

— Dimas! — Gritei duas vezes até que ele abrisse os olhos.

— Lis? — Seu rosto choroso deu espaço para um tom envergonhado.

— Posso subir aí com você?

Ele não entendeu o pedido, ou ao menos não processou. Aproveitei e me coloquei ao lado dele, olhando para o alto.

— Olhe lá no céu. É a constelação que dá nome a esta cidade. Em nenhum outro lugar é possível ver de maneira tão clara a constelação do caçador, também conhecida como as Três Marias.

Dimas ergueu a cabeça e ficou um pouco tonto. Precisou apoiar-se na larga viga de ferro bruto a seu lado antes de constatar o brilho cativante das três estrelas alinhadas e recordar imediatamente do sonho que tivera.

Uma sensação de euforia substituiu o desespero em sua alma e os dois sentaram-se ali mesmo. Dimas tentou esconder seu momento de fraqueza entre sorrisos tímidos e um olhar distante que vez por outra esbarravam no olhar da amiga.

— Obrigado.

— Por mostrar as estrelas?

— Por apontar o caminho. De alguma maneira acho que você me salvou por duas vezes hoje.

As palavras sufocadas provaram que no fundo ele não tinha culpa de nada. Que minha vingança era injustificada e que de alguma maneira, o homem por quem me apaixonei, ainda estava ali, sob a máscara da tristeza. Dimas estava cabisbaixo, mas como se tivesse lido meus pensamentos, desabafou:

— Lisandra, depois daquela noite no Rio de Janeiro, por muito tempo eu quis te procurar. Cheguei a pedir para sua prima uma maneira de entrar em contato, mas a verdade é que a vida me conduziu por um caminho diferente e...

— Eu sei Dimas. Não precisa dizer nada. Te reencontrar esclareceu questões antigas que estavam guardadas no meu coração amargurado.

— Me perdoe se de alguma maneira te fiz sofrer. Nunca foi minha intenção.

— Você é uma pessoa linda, sensível e ao mesmo tempo forte. Acho que só precisa mesmo é encontrar seu caminho. Além do mais preciso confessar que certa vez seu pai veio até mim.

Dimas curvou a sobrancelha apavorado com a descoberta.

— Como assim, meu pai? Você o conhecia? Meu Deus, como assim?

— Calma querido, não vá cair da ponte. — Ela brincou, insistindo em dar um novo ritmo para a conversa.

— Seu pai me procurou porque soube através de uns parentes que tivemos uma festa de carnaval daquelas, na casa de praia.

— Eu não acredito. Você está inventando isso agora, só porque pensou que eu iria pular.

Lis olhou para ele com um semblante apático.

— Seu pai queria saber se a gente tinha transado naquela noite. Sei lá por qual razão ele me pressionou até eu confessar. Ele queria porque queria ter a certeza de que eu e você estivemos juntos naquela noite.

— E você contou assim? Não ficou ofendida pela intromissão?

— Na época eu fiquei encabulada com a pergunta, mas seu pai ameaçou contar para os meus pais e eu tive que contar, ainda que superficialmente. O mais estranho e para meu espanto, foi que seu pai agradeceu com uma voz feliz depois que soube do ocorrido.

Ele nem me deixou continuar a conversa. Bateu o telefone na minha cara e essa foi a primeira e última vez que falamos.

— Lisandra, naquela noite estávamos para lá de bêbados. Desculpe se nunca mais te procurei. Eu não tinha juízo naquela época e falando a verdade acho que ainda não tenho, mas...

— Não precisa se desculpar. Até porque só você estava de pileque. Eu sabia bem o que estava fazendo.

Ela riu, arremessando para ele um olhar malicioso.

— Ei! Ei! Espera que eu estava aqui me culpando por nada e por tudo, quando na verdade...

Ela o interrompeu outra vez:

— Dimas você é especial e precisa aceitar que a felicidade não vem em embalagens prontas. A sua vida entrelaçou-se com a minha em um certo momento, deu voltas e nos trouxe aqui, estou convicta de isso aconteceu para nos ajudar. Ambos precisávamos encontrar nossos caminhos.

Ele aceitou o argumento e ficaram calados por um bom tempo ouvindo o barulho das águas, até que Lisandra decretou o fim da noite.

— Já é tarde e preciso ir.

— Não que seja da minha conta, mas o que você fazia por aqui a uma hora dessas?

— Depois do nosso a tarde eu voltei ao hospital porque precisava resolver uns assuntos e acabei demorando mais do que imaginava.

— Hospital? Você está doente?

— Não seu bobo. Eu te falei que trabalho na banca de flores que tem lá.

— Ah! É mesmo. Quase esqueci.

Dimas parecia outra pessoa. Não carregava mais a depressão em seus ombros e seus pensamentos agora focalizavam apenas o momento com a amiga que vez por outra ajeitava os cabelos ondulados.

— Será que desta vez eu posso te acompanhar até a sua casa? Está tarde e uma mulher bonita como você andando sozinha pode ser perigoso.

— Você é um amor, mas estamos em Três Marias e aqui todos me conhecem. Além do mais quero que faça uma outra coisa por mim.

— Caso não se importe, gostaria que ficasse aqui um pouco mais refletindo sobre a sua participação nesta vida. Tentando entender que sua história ainda precisa cruzar-se com outras para ter um final feliz. Por favor, perceba que a vida de muita gente depende das atitudes que você toma, portanto não seja egoísta. Não deixe que o mundo aponte o caminho que deve seguir e quando se sentir perdido, peça ajuda as estrelas.

Ele abriu a boca na tentativa de argumentar, mas foi calado por um sentimento de culpa.

— Não invente desculpas. Pare de sentir pena de si mesmo. Tem tanta gente querendo te ajudar, mas você não permite. Eu sei que não é fácil, mas a ajuda só o alcançará quando você permitir. Pense nisso e quem sabe então, amanhã no final do dia possamos comer aquele bolo com café tão prometido, quando eu sair do trabalho.

Dimas comprimia um lábio contra o outro assumindo em parte que era culpado e outra que tentaria fazer o que ela pedia.

— Tudo bem. Acho que você tem razão. Prometo que pensarei sim. — Os olhos deles brilhavam a medida que um carro ou outro passava com os faróis ligados pela ponte.

— Combinado. Fique bem e até amanhã.

— Vá com Deus. — Ele retribuiu com um aceno e a viu desaparecer ao longo da ponte, já bem depois da descida que conduzia ao centro da cidade.

Dimas percebeu pela primeira vez que Lisandra exercia um poder sobre ele e toda vez que se encontravam sua alma ficava mais leve. Livre dos pensamentos turvos. Ele ria sozinho lembrado da conversa e da absurda ideia de por fim a própria vida. Com o céu revelando um novo dia no horizonte, ele percebeu que a doença não estava nele, mas sim em Santoro. Um sentimento de paz tomou seu coração e disse com todas as letras que apesar de tudo, perdoava o amigo que quase o fez perder o maior presente que sua mãe lhe dera. A vida.

***

— Está na hora de acordar meu filho.

Dimas por um instante pensou que fosse sua mãe, mas logo se deu conta que a voz pertencia a dona do retiro.

— Já são quase duas da tarde e se não levantar vai perder não só o almoço como o evento da tarde. Ande, levante que hoje é o grande dia.

Dona Carmem abriu as janelas, removeu o lençol para longe e o deixou seminu ainda com a cara torta sobre o travesseiro. Ela provavelmente não sabia que ele tinha passado a noite toda fora e que seu sono não era de preguiça.

Quando Dimas chegou no refeitório as pessoas estavam falantes e cumprimentavam umas as outras com abraços. A cena lembrava o portão de embarque de um aeroporto. Alguns em lágrimas, outros sorridentes, votos de até breve e pequenas malas enfileiradas no corredor que dava para a recepção.

Doutor José surgiu por trás de um tabuleiro de cuscuz com cobertura de coco ralado e leite condensado, lambendo os dedos com a guloseima enquanto agradecia qualquer coisa. Mais na frente, a doutora Eloisa segurava as mãos de um senhor e desejava uma boa viagem.

No canto, escondido pelo batente da porta e apoiando uma mochila fina por apenas uma das alças, Santoro falava com Dona Carmem que o olhava firme dentro de seus olhos. A conversa parecia densa e por mais que Dimas desejasse ir até lá, seu apetite indicou a direção do doutor José.

— Olá! Se não é o jovem Dimas. Bom ver você com uma cara alegre. Desta vez sem gritos.

— Obrigado doutor, mas quem consegue ficar triste com a comida daqui?

Entre uma mordida e outra os dois trocaram elogios sobre o café, os sucos e a forma como o retiro era administrado. Mesmo para quem não acreditava nas doutrinas espirituais, o lugar era um recanto de paz, de uma energia boa que no mínimo fazia seus hóspedes esquecerem de seus problemas por um período.

O lugar estava em festa quando Dona Carmem foi para o meio das pessoas e pediu um minuto de atenção:

— Olá meus amigos. Boa tarde a todos. Chegamos ao fim de mais uma semana e é curioso como a cada final eu me sinto mais próxima do começo. A maioria de vocês completou as três etapas que nos propomos quando entraram aqui.

Carmem colocou a mão para o alto e com os dedos foi pontuando cada um dos objetivos do retiro a medida que as pessoas repetiam com ela em coro: *"Livra-se do que te aprisiona. Reconhece o que precisa. Ajude a si mesmo."*

— Muito obrigada a cada um de vocês pelo respeito ao nosso trabalho. Quero agradecer também aos voluntários que colaboraram esta semana com as funções do retiro Ipê Amarelo. Sem vocês este trabalho não poderia ser concluído.

Quatro pessoas acenaram em reconhecimento as palavras dela.

— Para aqueles que desejarem, teremos agora as dezesseis horas uma sessão individual de orientação espiritual, com a doutora Eloisa. Aos que receberam permissão de saída, façam todos uma excelente volta para seu lares e familiares. Todos são e serão bem-vindos quando desejarem retornar.

Ela encerrou com uma salva de palmas e mais abraços foram trocados enquanto boa parte das pessoas dirigiam-se para a saída, onde uma fila se formava em frente ao trocador de roupas da recepção.

Durante o discurso Santoro desapareceu. Dimas ainda desejava passar aquela conversa a limpo e preparava-se para sair a sua procura quando Dona Carmem o carregou para uma sala separada.

— Eu também tenho permissão para ir embora? — Ele questionou de supetão.

Ela convidou-o a sentar e em seguida Eloisa entrou, acomodando-se ao lado dela no sofá estreito.

— Esta nossa conversa era para ter sido após o café da manhã, mas o senhor dormiu além do esperado.

Dimas observou uma energia diferente nas mulheres a sua frente. As duas estavam luminosas. Mais que o de costume e pareciam emanar um brilho que chegava até ele transmitindo conforto e segurança.

Antes que elas pedissem, ele começou o relato e palavra por palavra os acontecimentos foram expelidos. Desde o evento com Santoro, até o amanhecer sobre o parapeito da ponte, com todos os detalhes. Em instante nenhum as duas o interromperam ou o complementaram com alguma frase. Tinham seus olhos fixos que só vacilavam quando uma olhava para a outra ao notar que o homem pela primeira vez revelava o verdadeiro Dimas Montenegro.

— Meu filho a doutora Eloisa gostaria de convidá-lo a participar de uma terapia para que você possa com o tempo melhorar ainda mais a relação com estes sentimentos que carrega dentro de si.

— É isso mesmo Dimas. Seria um prazer ajudar o filho da pessoa que me mostrou o caminho da felicidade.

— Você também conhecia minha mãe?

A doutora confirmou com os olhos cheios de água.

— Tudo bem então. Eu aceito sua ajuda. Acho que está na hora de aprender a lidar com isso. De seguir em frente com a minha vida. Agora entendo o que ela queria dizer.

— Meu querido, não fique triste. Nestes cinco dias que esteve aqui conosco você aliviou um enorme peso. Quando coloquei os olhos em você pela primeira vez achei que demoraria muito mais, no entanto você provou que quando estamos abertos a melhorar tudo nos favorece.

— Dimas você acha que precisa de mais uma semana aqui com a Dona Carmem ou considera que está pronto para sair sozinho e retornar para Brasília?

Ele olhou em volta por alguns minutos e riu de si mesmo.

— Vocês duas fizeram tudo isso de propósito não foi? Foi uma de vocês que pediu ao Santoro que me provocasse?

As duas recuaram no assento um tanto sem jeito.

— De maneira nenhuma. Quero dizer, até achei que tendo um companheiro de quarto com ideias próximas a que seu pai tinha, talvez você encontrasse o caminho, mas nada aconteceu de forma manipulada.

Dona Carmem completou a frase da doutora em seguida:

— E também nada foi por acaso.

— Eu reconheço que as minhas escolhas tiveram um impacto profundo, não apenas na minha vida como também na vida de todos que eu amo. Meu pai que sempre quis o melhor para mim, não entendia, mas era minha responsabilidade ter tentado uma aproximação. Eu não estou com isso, dizendo que ele agiu certo, mas que eu o perdoo.

As mulheres expressaram ternura ao ouvir o desabafo.

— Mais do que isso, eu entendo. Demorou, mas eu entendi que minha mãe morreu aqui neste plano, mas que ela estará sempre viva, enquanto eu viver. Para que ela seja a estrela mais brilhante no céu, eu tenho que brilhar aqui na terra e como ela mesmo disse, é o meu brilho que lhe dá felicidade.

Dona Carmem pegou nas mãos dele em sinal de apoio.

— Obrigado Dona Carmem. Obrigado doutora Eloisa. Sem estes dias vividos aqui, sem testemunhar os eventos que vi, eu ainda estaria brigado com o amor da minha vida.

As duas não entenderam bem de quem ele falava naquele momento, porque seus olhos não pareciam ter acessado a parte do cérebro que remete a memória.

— Eu ainda sou meio incrédulo com estas doutrinas espiritas, mas quem sabe com a ajuda da doutora Eloisa e com visitas mais frequentes aqui ao Ipê Amarelo, eu consiga ficar mais aberto a novas ideias.

Eloisa não resistiu e deixou rolar uma lágrima enquanto Dona Carmem ainda sentada deu-lhe um esbarrão.

— Doutora não comece ou me fará chorar por tabela. Afinal eu precisava manter uma aparência de durona. Lembre-se que sou quase uma exorcista — Disse ela olhando para o novo homem a sua frente que também enxugava o rosto.

— Ninguém precisa da nossa permissão para ir embora do retiro. É a própria pessoa quem se deixa ir. Por vezes elas vão, mas deveriam ficar, por vezes elas ficam, mas deveriam partir. — Dona Carmem acrescentou, levanto-o pelos braços.

— Faça o que seu coração pede e encontre a sua benção. Que Deus lhe dê o suficiente. Somente o suficiente para que você encontre o seu caminho.

— Só o suficiente? — Perguntou Dimas.

— Sim. O suficiente é tudo que precisamos nesta vida. Nada menos, nada mais.

***

CAPÍTULO 05
AMORES

Quando finalmente conseguiu trocar de roupas e estava de posse de sua mala pediu a pessoa responsável pela recepção naquele dia para usar o telefone.

Duas, três, quatro chamadas e todas caíram na caixa postal. Seu celular estava morto e mesmo que quisesse conectá-lo para ver as ligações e mensagens pendentes teria que esperar uma ou duas horas, já que todas as tomadas e extensões estavam abarrotadas de carregadores por todos os lados. Seria mais prático encontrar um lugar fora do retiro para comer alguma coisa e carregar o telefone por lá.

O ruído que sua mala fazia ao ser arrastada portão afora foi interrompido bruscamente.

Sem acreditar no que via, Dimas ficou paralisado olhando na direção da rua onde do outro lado, na calçada, um homem bem vestido, de barba impecável e um penteado moderno, o encarava de braços cruzados.

A mala ficou desamparada e não foi a única que prestigiou o momento em que seu dono saiu em disparada, sem nem sequer olhar para os lados ao cruzar a pacata rua.

Entre beijos e abraços a frase eu te amo era tudo que se ouvia. Os dois ficaram juntos por tanto tempo quanto necessário para que seus braços cansassem de segurar um ao outro entre o choro da saudade e a alegria do reencontro.

— Me perdoe Dominic, por favor. Eu não sei onde estava com a cabeça.

— Meu amor, não há nada para perdoar, se você encontrou o que veio buscar.

— Você e minha mãe estiveram sempre certos. Vamos ser felizes e esquecer esta fase negra.

— É claro que sim. A sua felicidade me faz feliz, meu amor. Vamos para casa que temos muito que falar sobre esta última semana longe. Quero saber de todos os detalhes, das pessoas que conheceu, tudo. O carro está logo no final da rua.

Dimas pegou as mãos de Dominic, olhou para o retiro e prometeu que jamais manteria seus sentimentos enclausurados outra vez. Jurou beijando as mãos de seu amor que colocaria a felicidade deles acima de qualquer outra coisa e que começaria ali mesmo uma nova atitude de vida.

— Nic, eu conheci uma pessoa aqui no retiro.

Dominic murchou a cara, mas antes que quebrasse o momento, seu parceiro arrumou a frase:

— Eu na verdade reencontrei uma pessoa do meu passado e queria muito que você a conhecesse. Quero que ela saiba o quanto estou feliz.

— Claro meu amor, mas antes me conte esta história direito para eu não fazer papel de bobo quando a conhecer.

Eu te conto no caminho, venha que você vai provar o melhor bolo da sua vida.

Os dois entraram no carro e enquanto Nic dirigia, Dimas se debruçava sobre a janela do carona perguntando a cada esquina como chegar ao hospital da cidade.

O hospital era referência na região e mesmo moradores de outras regiões procuravam tratamento por lá. Meia hora depois, estacionaram e foram de mãos dadas até a banca de flores da entrada principal. Olharam em todo canto do pequeno quiosque enfeitado com rosas, lírios, camélias e outras dezenas de tipos de flores, mas nenhum sinal de Lis.

Apressado Dominic foi até o segurança na entrada do hospital para perguntar se a banca estaria em funcionamento, enquanto Dimas colocou as mãos na cintura sem entender onde estaria Lisandra.

— Olá! Posso ajudar? — Perguntou uma moça que usava um avental sujo de terra e tinha uma tesoura nas mãos.

— Boa tarde. — Dimas olhou o relógio para saber se o cumprimento estava correto e se deparou com exatas dezoito horas e dezoito minutos. No pequeno mostrador de segundo o número tinha acabado de pular do dezessete para o seguinte.

— Desculpe, já é boa noite. Você saberia me dizer onde encontro uma moça chamada Lisandra?

Ela é uma amiga e disse que trabalha aqui como florista.

A moça fez um ar triste, carregado, enquanto seus ombros deslizaram para baixo. Dominic se aproximou já sabendo o que se passava, graças as informações do segurança e pegou no braço de Dimas.

— Faz duas semanas que ela sofreu um acidente e está muito mal. — A moça parecia conhecê-la bem.

— Como assim acidente? Do que você está falando?

— Meu amor, o senhor ali da entrada disse que a sua amiga estava no ônibus que saiu da estrada a mais ou menos duas semanas atrás e que está em estado gravíssimo aqui mesmo no hospital.

O chão sumiu por alguns segundo e Dimas precisou se apoiar para não desmaiar.

— Calma, meu amor, calma. — Dominic o sentou no chão entre os arranjos de flores.

— Não pode ser. Eu estive com ela ontem, por duas vezes. Com toda certeza não estamos falando da mesma pessoa.

A moça insistiu na afirmação e deu detalhes da aparência de Lisandra. Falou de sua irreverência, da maneira carinhosa como sempre auxiliava os clientes com as flores certas para cada ocasião. Que as duas eram amigas de longa data e que moravam na cidade havia anos.

Aos poucos Dominic convenceu Dimas a se erguer e ir até o hospital descobrir mais informações.

Foi preciso muita conversa, mas a credencial que Nic tinha por também trabalhar na área da medicina lhes rendeu um favor excepcional. Uma enfermeira conduziu os dois pelos corredores frios, de paredes verde empoeirado, até a ala de cuidados especiais.

Na porta um aviso permitia a entrada apenas de pessoas autorizadas. Dentro do quarto alguns médicos desligavam aparelhos, recolhiam seu material e demonstravam seu pesar. Sobre a maca um lençol azul dava os contornos ao inevitável.

Em um banco próximo um casal recebia a notícia por parte da médica chefe.

Transtornados eles não acreditavam que tinham acabado de perder a única filha. Nic aproximou-se para obter mais detalhes sobre o caso junto a médica, enquanto Dimas ajoelhou-se entre o casal.

— Eu sinto muito. — A comoção era tão grande que nem as lágrimas conseguiam se manifestar. O soluço estava preso na garganta de todos, represando a dor.

Algumas enfermeiras socorreram o casal, com atenção especial ao senhor que aparentava uns bons setenta anos. Trouxeram água e calmantes que até Dominic fez uso.

Quando todos estavam um pouco mais conformados com a notícia vieram as apresentações entre o lamento.

— Vocês devem ser os pais da Lisandra? Por favor aceitem nossos sentimentos pela sua perda. — Dominic tentou não ser indelicado.

— Obrigado. Deus sabe o que faz e acho que foi melhor assim. — Disse a mãe. — Ela estava sofrendo muito.

Com dificuldade foi a vez de Dimas tentar uma aproximação:

— Talvez não lembrem de mim, mas eu os conheci na casa de Cabo Frio, anos atrás onde passei o carnaval com a Lis. Eu não sei nem o que dizer. — As lágrimas impediram que ele continuasse.

— Eu lembro de você. Nossa querida filha nunca te esqueceu.

— Perdão. — Dimas suplicava aos pés dos dois, tendo Dominic a suas costas pedindo para se acalmar.

— Dimas, meu filho. O Senhor sabe a hora para tudo. Para dar, para retirar e tenho certeza que é o propósito Dele que se fez. A vida de minha filha sempre foi regida pela fé no Criador e tenho certeza que agora ela está com Ele.

As enfermeiras voltaram para saber se alguém gostaria de fazer uma última despedida antes da equipe que trataria da burocracia envolvendo a remoção do corpo começar.

Dominic ficou com o senhor que ainda não estava completamente recuperado do choque, enquanto Dimas seguiu a enfermeira que conduzia ele e a mãe de Lis, até onde o corpo de Lisandra repousava, já livre de tubos e fios.

Os dois permaneceram em silêncio, sob suas orações de despedida. Vez por outra a senhora passava a mão pelos cabelos rebeldes de Lis e chorava um choro fino. Dimas já não tinha mais lágrimas e só pensava nos últimos encontros com a amiga.

— Eu não sabia que vocês tinham retomado contato. — Disse a mãe de Lisandra.

— Não sei se a senhora vai acreditar, mas a sua filha esteve comigo por mais de uma vez na última semana.

A mulher o olhou desconfiada.

— Impossível. Ela estava em coma aqui neste quarto desde que voltou de Brasília.

Dimas chorava em prantos, mas conseguiu contar que tinha falado com Lis na banca de jornais perto de sua casa, que a encontrara no ônibus e outras vezes pelas ruas da cidade. Chegou até a mencionar que foi Lisandra quem o salvou do suicídio menos de vinte quatro horas atrás.

Eles se abraçavam e foram retirados a pedidos das enfermeiras, mas antes de sair a senhora disse que entendia o motivo de sua filha ter aparecido para ele.

— Como eu disse meu filho, Deus nos dá o suficiente para vivermos uma vida plena e talvez exista um motivo maior nisso tudo. Venha comigo porque acho que sei o motivo que fez Lisandra ir até você de maneira tão milagrosa.

Os dois saíram do quarto com dificuldades, mas ao invés de reunirem-se com Dominic e o pai de Lis, caminharam até uma sala onde uma assistente social distraia uma menina de olhos verdes claros, pele morena e cabelos encaracolados.

Ao ver a senhora se aproximar a menina correu em sua direção e a agarrou pelas pernas.

— Vovó porque vocês estão chorando?

As apresentações não eram necessárias. Dimas colocou-se na altura dos olhos da menina e ficou incrédulo, perplexo. A dor da perda se sua amiga se misturou com a alegria de ver aquele pequeno rosto.

— Qual o seu nome meu anjo? — Ele perguntou contendo a emoção.

A menina olhou para a avó e inocente, apontou para o alto antes de responder com um sorriso:

— Estela.

*****

NOTA DE AGRADECIMENTO

Agradeço de coração, ao tempo dedicado a esta obra.
É o bom leitor que abre "portas" para o diligente escritor.
Por isso gostaria de saber o que achou deste livro. Por favor
acesse um dos nossos canais de comunicação e compartilhe
o seu ponto de vista sobre a história. Participe e descubra
você também um amor maior.

Obrigado.

OUTRAS OBRAS DO AUTOR:

- Porta do Sol -
- Quando dormem os girassóis -
- Dora Jenckis -

SIGA O AUTOR E SUAS HISTÓRIAS:

WWW.SANDROVITA.NET

Facebook
https://www.facebook.com/sandrovitawriter/

Twitter
https://twitter.com/SandroVita

27645720R00106

Printed in Poland
by Amazon Fulfillment
Poland Sp. z o.o., Wrocław